中公文庫

茶の間の正義

山本夏彦

中央公論新社

目次

茶の間の正義

I

はたして代議士は犬畜生か

テレビは巨大なジャーナリズムで、それには当然モラルがある。私はそれを「茶の間の正義」と呼んでいる。眉ツバものの、うさん臭い正義のことである。

昨今の政治の腐敗を、テレビは嘆く。この間も、各界名士が画面に居並んで、順々に政界の「黒い霧」を嘆いてみせた。遅れて発言した某女史は、すでに痛罵の文句が使い果されているのを見てとって、あわててそれを上回る激語をさがしてはみたものの、品切れと気がついて、窮してしらが頭を卓上に伏せ、身も世もないようにもだえてみせた。

身ぶりは大げさにすると、ウソに見える。言葉は言葉を刺激して、とめどがなくなる性質がある。話を過激な文句で始めると、さらに過激な文句を重ねなければならなくなる。

むかし映画の広告は、尋常な作を大作呼ばわりした。ちょっとした作なら「超大作」と書いた。書けばひと安心できるが、それもつかのまである。本当の力作があらわれると、用いる字句がなくなる。困って「超弩級作《どきゅうさく》」などとわけのわからぬことを口走るが、それなら真の傑作があらわれたら、何と言ったらよかろう。

結局、超大作は大割引される。俗に痛烈といわれる文句も同様で、それはそれを上越す文句を呼び、ついには痛烈でも何でもなくなる。

茶の間の怒り、茶の間の涙、茶の間の笑い――茶の間の○○の悉《ことごと》くはこの仲間で、真実誰も怒ってはいない、泣いてはいない、笑ってはいないと私は見ている。あれは「押すとあん出る」のたぐいである。

朝の番組、モーニング・ショーの元祖は木島則夫だという。そのまねが小川宏ショーで、その又まねが「おはようニッポン」だという。以下その又まねがあるという。

彼らは互にまねつ、まねられつしているくせに、他人のまねなら憤慨する。たとえばガンの切手のデザインは、盗作に次ぐ盗作だと新聞が書くと、早速それをとりあげて論じる。どうしてこうも日本人は、まねばかりするのでしょう。外国人に顔むけできないと、まじめくさって嘆いてみせる。

人間万事《ばんじ》まねの世の中だもの、私はこれしきのまねには驚かない。元祖木島則夫ショーだって、アメリカの何やらのまねだろう。そのアメリカの何やらだって、何かのまねだろう。それは見たことはないが、見なくても分っている。

みんな同じものである。見ないで同じだというと、違うとがんばる人があるだろうから、私はいくつか見物した。まずニュースとその解説がある。毎日違ったゲストが出る。前後に歌と踊りがある。つなぎにコマーシャルがあること、A局もB局もC局も同じだから、以下区別しない、というよりできない。

ある朝、名高い女優が出て、和服の講釈をしたあげく、一反の着物をひろげて、これが二十万円！　とても私たちには買えないと、たまげてみせた。司会の三人組の一人、女のタレントはうなずいてみせた。

かりにもゲストは芸人である。昭和四十年現在十万や二十万の着物が買えないはずはない。衣裳は商売道具である。げんに彼女が今着ている品だって、ずいぶん金目のものである。ウソおっしゃいと、司会の婦人は言うかと思うと、いかにもと相づち打ってみせる。八百長である。彼女たちは、それが買えない大衆ではない。だから、大衆ぶるのである。二十万なら安いから、これ買いたいとは決して言わない。柄がいいから高いが買おうとも言わない。「まあ高い。とても」とひたすら言う。

視聴者の嫉妬を恐れるのである。視聴者の大半は、「月収三万円乃至六万円」だと、テレビ側はにらんでいる。だから、買った、買おうとは金輪際言わないのである。事もなげに安いと言ったら、見物の主婦たちは、忽ち我に返って嫉妬するにきまっている。

ボーナスの出るころ、サラリーマンの税金がいかに高いかを論じていたのを聞いたことがある。ゲストは二十二、三の女事務員で、彼女は天引きでこんなにとられたと訴えていた。司会者は、わが税制は富めるものに有利で、貧しきものに不利だという一例に、定期預金の利息と、株の配当の分離課税をあげていた。

定期預金の利息は、いくら巨額にのぼろうと、一割納めればいい。株の配当なら一割乃至一割五分納めればすむ。それは、その場かぎりで、あとで総合所得に加算されない。だから、分離課税という。定期や株を持つものは富めるもので、貧しきものはボーナスはもとより残業手当まで加算されて徴税される。モラルでないと、憤然として論じていた。けれども、司会者はその貧しきものではない。民間放送の司会者なら、年間千万以上の契約金をとり、月給百万以上とるという。

あれだけの番組を編集して、司会するのは尋常の人には出来ない芸当である。ニュースの当事者、または目撃者に出てもらうには、前の晩に会っておかなければならない。その人物なら、AもBもCもねらっている。AがBを出しぬいて、ホテルに罐づめにして見張っていると、BやCが暴力団まがいをさしむけて、奪いに来ることがあるという。あるだろう。

面倒な税金の話を、女子供にも分るように、かみくだいて話すには、それ相応の準備もいる。年に一度の長崎の祭には、浜松のタコあげ大会には、現地にとんで、その日のうちにとんで帰って来なければならぬ。

これだけ狂奔しても、視聴率がさがれば、いつお払い箱になるか分らない。千万の契約金は高くはない。しかもそれには当然重税が課されて、半《なか》ばを税金にとられているはずである。ようやくまぬかれた半ばを預金して、あるいは株式を分散して買って、その利息と配当が月収に加算され、さらに課税されたら、司会者たちはモラルだと思うだろうか。二重に奪われたと思わないだろうか。

分離課税にも一理はあるのである。それを最もよく知るものは、ここでは司会者である。その司会者が憤然としてみせるのはお芝居である。私が茶の間の怒りと呼ぶところのものである。

司会者が、女優が、大衆的な月給とりとほぼ同じレベルで口をとがらすのは、とがらさなければ、反感を買うからである。これだけの仕事をして、年間千万以上とろうと私は高くはないと思うが、大衆は思わない。いくらその半ばは税金だと弁明しても、承知しない。だから芝居だと知って演じ、毎日のことだからそれを忘れ、ついに芝居だと指摘されると怒るにいたるのである。

「茶の間人間」は、この芝居が大好きなのである。ウソでもいいから大衆ぶってもらいたいのである。そして、いずれ人気がなくなった暁には、あのタレントもお終いかと、溜《りゅう》飲《いん》を下げて、忘れ去るのである。

ご存じの通り、この種の番組では、朝っぱらから歌って踊って、おまけに泣く。彼らは常に可哀想なお話をさがしている。可哀想なお話がはじまるとすぐ分る。司会者は早くも泣こうと身構えている。よくまあ自在に泣けると、見物は感心するが、人は悲しいから泣くのではない。泣きまねするから悲しくなるとは、名高い西洋の学者の説である。口をとがらすから、次第に腹がたって、ついには本気で怒《おこ》りだすのである。

それに、自分は可哀想でなく、他人が可哀想なのは、誰しもいい気分のものである。あかの他人のために泣けば、自分は善人だと思える。そこまではいいが、泣かないものがいると人非人《にんぴにん》だという。

すわると場あとる――と、戦前の子供たちはひそひそ笑ったものだ。ふとった中年の婦人のことで、こころは、電車やバスですわると、二人分の席を占めるというほどのことである。このたぐいに、「押すとあん出る」というのがある。大福かあんパンのことかと思う。テレビの朝のショーを見て、久々に私はこれを思いだした。泣くと思うと、はたして泣く。笑うと見ると、はたして笑うから、押すとあん出るを思いだしたのである。

明治のむかし岩野泡鳴は、桃中軒雲右衛門の浪花節をきいて、しきりに落涙して、拳固《げんこ》で涙をぬぐいながら、この涙はウソだウソだと、言いはってきかなかったという。泡鳴にはその涙はウソと分ったろうが、ほかの見物には分らない。第一この涙を流したいばかりに、木戸銭《きどせん》を払って見物に来たのである。分らぬというより、分りたくないのである。

断っておくが、テレビの悪口をいうのが、私の本意ではない。もと末《すえ》をいうなら、テレビは末で、もとは新聞である。

我々の創造力は貧しく、モデルがなければ何も出来ない。テレビはラジオを手本にした。ラジオは新聞を手本にした。すなわち、本家本元は新聞で、朝のショーは新聞の紙面そっくりである。

政財界の腐敗を論じて、説教臭あるお話は「社説」に似ている。当人又は目撃者が登場するニュースは、迫真の社会面である。利息の分離課税についての解説は、さしずめ経済欄である。歌と踊りは演芸欄で、随所に出没するコマーシャルは、広告欄に当ろう。ついに身上相談まである。

人間万事まねの世の中だと、再び言わなければならないのは残念だが、形をまねれば心も似る。テレビが庶民ぶるのは新聞の模倣である。一反二十万円なら高嶺《たかね》の花だと書くから、ラジオ、テレビはそれにならったにすぎない。政客も実業家も、身辺清潔であれと言うのも、新聞の口まねだから、以下話を本家本元の新聞に移す。茶の間の正義、茶の間のウソは新聞がモデルである。

たとえば昭和初年、私がまだ子供だったころ、新聞は毎日財界と政界の腐敗を書いた。あんまり書くから、読者は信じた。いっそ殺してしまったらと、若者たちは井上準之助を、高橋是清を、犬養毅を、その他大勢を殺した。

古いことでお忘れなら、吉田茂首相を思いだして頂く。彼ならまだご記憶だろう。彼は歴代宰相のうち、最も評判の悪い人だった。新聞は三百六十五日、彼の悪口を言った。しまいには、犬畜生みたいに言った。カメラマンにコップの水をあびせたと、天下の一大事みたいに騒いだ。捕物帖の愛読者だと、その教養の低きを笑った。ついには角帯をしめ、白足袋をはいて貴族趣味だと、難癖《なんくせ》つけた。不吉なことを言って恐縮だが、当時彼がテロにあわなかったのは僥倖《ぎょうこう》である。

わが国の新聞は、明治以来野党精神に立脚しているという。義のためなら権威に屈しないという。自分で言うのだから、眉ツバものだが、読者は反駁するデータを持たない。ほんとだと思うよりほかない。

けれどもこれは、悪口雑言《あっこうぞうごん》である。人をほめて面白く読ませるのは至難である。悪く言って面白がらせるのは容易だから、易《やす》きについたのだと私は思っている。

どんな愚かものでも、他人の悪口だけは理解する。だから、柄のないところへ柄《え》をすげて、読者に取入って、それを野党精神だと自らあざむくのである。

角帯と白足袋は、呉服屋の番頭ならいまだに愛用している。何の貴族趣味であろうと、当時私は笑ったが、周囲のすべては笑わなかった。吉田ごときに味方するとは、保守反動の極だと食ってかかった。

その同じ新聞が、近ごろ手の裏返して、吉田老をほめる。戦後首相の第一人者、チャーチルに匹敵する大宰相、その教養の深遠なこと、座談の巧みなこと、顔色のいいことまで、ほめちぎる。ラジオ、テレビはそれに和《わ》す。

手の裏返すといえば、私はこのごろ昭和初年の政治家は清廉だったと読んで驚いた。往年のジャーナリストが、当時を回顧して、彼らの多くは家産を傾けて国事に奔走した。死んで遺産を整理したら、井戸とヘイしか残らなかった。しかるに今の政治家は——と言っているのを読んでびっくりした。私が少年のころの新聞は、同じ人物を財閥の走狗《そうく》、利権の亡者《もうじゃ》と罵っていたのである。

だから佐藤栄作氏も、いずれはほめられると私は言うのではない。彼も我も同時代に呼吸する同一の人物だと言うだけである。彼だけ腐敗して、我だけはしないとは思えない。いかにも月収三～六万の大衆は、清貧だろう。けれどもそれは、失礼ながら不本意の清貧である。彼らの多くは役人又は実業家にならなかったか、またはなれなかった人々である。なれば、今の役人又は実業家のごとくであるにきまっていると、私は固く信じている。

たぶん立腹する人があるだろうから、その証拠をあげる。

いつぞや都庁に、「住宅局汚職」というのがあった。都の住宅局の主事某が賄賂《わいろ》をとって、都営住宅に入居させ、その金でちっぽけな土建会社を創立して、自分が社長になりすまし、都の工事の下請けをして、二年も露顕《ろけん》しなかったという事件である。

まるで汚職のダブルプレーだと、当時私は笑ったが、恰好な例だからもう一度書かせてもらう。

彼が貰った賄賂は、一所帯三万円以上十万円以下だったという。二年間に二百所帯、総額千万円を越えたという。

逮捕に出向いた刑事たちは、当日、主事が欠勤していると聞いて、さては高とびしたかと色めいたという。ところが、彼に高とびする気はみじんもない。同じ課の係長たち四人と、その日はずる休みして、真実ゴルフに興じていた。だから、帰るとすぐつかまった。

私がこれを記憶しているのは、当人並びにその周囲に、罪の意識が全くないのが、刑事と犯人の問答で分ったからである。

都営住宅は家賃が安い。抽選しないで入居させてやるのだから、礼を持参するのは当り前だ。誰を、いつ、どこへ斡旋したか、数が多いから思いだせないと、主事は平然と答えていた。いかにも別会社は創立したが、指図《さしず》は電話でして、都庁に迷惑はかけてない。アルバイトしてどこが悪い？　といっそけげんな面持《おももち》である。

キチガイでないとすれば、彼は誰かに支持されている。同僚及び大衆の支持がなければ、人は孤立してこれだけのことを言えるものではない。三万や五万は賄賂じゃないと思っているのは彼ばかりではない。世間も思っている。賄賂というからには、百万以上ときまった相場があるのではないか。

アパートの一部屋を借りるにも、礼金、敷金、周旋料をとられる。三万や五万はかかる。ほぼ同じ金額で、都営住宅が一軒借りられるなら、こんな有難いことはない。その分を礼として包んでもトクである。借手は主事某の支持者である。両者に賄賂の自覚はない。贈ったものも貰ったものも、月収三〜六万のいわゆる大衆であることにご注意願いたい。

都庁の上役、同役たちは、彼が何かしていることは、薄々知っていた。けれども、表《おもて》沙汰《ざた》にならぬかぎり、事は荒だてるものではない。都庁の腐敗は極《きわ》まったと、読者大衆はしばらく口をとがらしてやがて忘れるのは、なに自分だって同類だと、ばくぜんと知るからである。

政財界をおおう「黒い霧」とやらは、これを拡大したものにすぎない。三万円を三百万円に、十万円を千万円にしただけのことで、モラルは「官」も「民」も同様である。

私は贈収賄する席にすわったことがないからよく知らないが、察しはつく。大小を問わず、民間の企業の購買係はその席の一つだろう。彼は出入りの商社から、袖の下を貰う。同僚は見て見ないふりをする。その席は一年か二年で交代する。交代して自分がそこにすわれば、同じことをするのだから、誰も事は荒だてない。自分の番を待って、首尾よく来て、誰もすることをして、どうして悪事なのだろう。

会社もそれをとがめない。万一とがめて免職にすれば、組合は結束して彼をかばう。一購買課員のために、組合を敵に回すのは愚かである。第一、会社は何一つ損してない。袖の下は業者がくれたのである。

ところが何かのはずみで、それが表沙汰になることがある。表沙汰とは、その社内でなることではない。新聞沙汰になることをいう。それは何かの間違いか、とんだ災難みたいになる。なれば会社は忽ち彼をクビにできる。

末端の新聞記者は、賄賂をつかう相手もなく、くれる相手もなく、読者の多くも購買課員ではない。記者が勇んで正論を吐き、読者が喜んで読むのはこのゆえである。両者は共に口をとがらす。けれども、その席にいないばかりに吐く正論を、私は傾聴しない。

表沙汰にさえならなければ、それは人も許し我も許す当り前なことだったのである。表沙汰になったばかりに、会社は当人をクビにできる。同役も組合も、誰一人かばってくれない。

贈収賄にかぎらない。いちどきに何人もの女と関係するのも、表沙汰にならなければ、それはうまくやったのであり、表沙汰になって、はじめて「色魔《しきま》」なのである。

彼ら及び我らにとって、モラルは精神の内部から去って、外部に移った。新聞に移った。新聞は美談と醜聞——モラルの支配者になった。「社説」は修身の権化《ごんげ》である。自分は決して履行しない、履行するつもりがないモラルを説く。そしてその自覚がない。官制の「修身科」復活と聞くと、必ず反対するのは、おカブをとられるのを恐れるあまりかと察しられる。

新聞の幹部諸君は、政財界の幹部諸君と友だちである。三十年前、一流の大学を出て、たまたま彼は官途《かんと》に、我は大新聞社に就職したにすぎない。

もし新聞社にはいらなければ、友のごとく今は政財界の一方の親玉になっているはずである。してみれば、「黒い霧」の主人公でないまでも、その一員である可能性はある。

政財界のメンバーは、鬼でもなければ蛇《じゃ》でもない。同窓の友である。それを悪鬼《あっき》のように書くのは、無位無官の百万読者の歓心を買うためである。

新聞の読者、テレビの見物の多くは女性である。女性でないまでも、女性化された男子——すくなくとも茶の間では、以前は妻子と共に吉田茂老を痛罵して、今は礼讃《らいさん》して、自分自身も新聞そのものも疑わない者どもである。

婦人、又はマジメ人間は、身辺清潔な人が大好きである。本当に好きかどうか疑わしいが、好きだと思いこんでいる。だから「二号」のいる政治家は、ジャーナリズムの好餌《こうじ》である。これを攻撃すれば喜ばれる。

けれども、身辺清潔の人は、何事もしない人である。出来ない人である。政治ばかりではない。事業も清潔だけで出来るものではない。二号の有無と経営の才とは関係ないと承知しながら、ジャーナリズムは非難する。

政治も企業も、清濁あわせのむ人でなければ出来ない。というより、悪いことが出来る奴でなければ、よいことも、大きなことも何一つ出来はしない。潔白ぶるのはよせ、危険だと言えば、彼女たちは激怒する。けれども敗戦直後、ヤミ米を買わないで、うえ死にした判事があった。そのとき、新聞も読者も、讃美するどころか、あざ笑った。そして今は、あとかたもなく忘れ去っている。

彼女たちの想像力は、夜《よ》な夜《よ》な亭主が飲んで帰る酒が、社用の酒であるか否かに及ばない。盆暮にデパートから届く進物の多寡に一喜一憂しながら、それが腐敗の末端であるか否かに及ばない（及びたくない）。そして常に自分は純潔で、前向きで、良心的で、民主的（以下略）だと思っている。ジャーナリズムはそれに取入る。

その紋切型の一つに、さっきの井戸べイがある。いまだに明治大正の政客のごとく、井戸ベイ大臣であれという。

自分たちは戦後派でアプレなのに、政治家だけは昔のままであれというのである。茶の間の主婦のご亭主は、毎年賃上げしろと騒いでいる。四万円しか出さないから、四万円の働きしかしない。まず働け、そしたら出そうというがごとき会社側の甘口《あまくち》には乗らない。乗ってはならない。まず出せ、出したらその分だけ働こうと、組合の幹部が言うから、下ッぱまで言って、細君も亭主に和してウシウシとけしかける。まさか時流に楯《たて》ついて、身を粉《こ》にして会社に尽《つく》せとはいうまい。

自分はアプレのままでいて、為政者《いせいしゃ》だけに、金もいらぬ、名もいらぬ、命もいらぬ、まるで西郷隆盛みたいな大人物であれという。その手前勝手に皆さん気がつかないのは、かさねて言うが、根底に嫉妬心があるせいである。彼らの月収が三〜六万とすれば、手当を加算した議員の四十万円前後の金は、驚くべきかつ憎むべき月収なのである。

だから新聞で「議員又々お手盛りで歳費を値上げ」と読むと、柳眉《りゅうび》をさかだてる。自分であげるとは何事か、その金は我々の血税だと悲憤慷慨するが、私はしない。

私はこの記事を、五十年前にも読んだ。十年前にも読んだ。五年後にも、十年後にも読むであろう。

議員が歳費をあげるのを、私は無理はないと思っている。黙っていれば、いつまでたってもあげてくれはしない。議員の皆さんご苦労さま、薄給でお気の毒です、少ないけれどどうぞ、と言ってくれる気づかいはない。

彼らは、政治を職業とする専門の職業人だと、私は見ている。明治の昔、名誉職だったことがあるといって、いまだにそれに祭りあげられては迷惑する。誰も値あげしてくれないから、時々自分であげるのである。

政治家の四十万と、家計の四万とを混同してはならぬ。四十万で何が出来るか。大挙して押しよせる選挙区からの客を、二、三度もてなしたら足が出るのではないか。もてなすこと少なければ、ケチだと客は不平をならす。彼らを卑しいと言ってはならぬ。人はすべて卑しいものである。選挙区からの客、即ち貴君（又はぼく）でない保証はどこにもない。よしんば己《おのれ》が色魔でなく、また袖の下はとらなくても、時と場合によっては色魔であり、袖の下をとる存在だと承知した上での意見でなければ、それは意見ではない。

私は政治に、女性的なものが介入するのを、危険だと思っている。女性が常に正義で潔白だと思い得るのは、言うまでもなく実社会の責任ある地位にいないせいである。

実社会は互いに矛盾し、複雑を極めている。それは他人を見るより自分を見れば分る。自己の内奥をのぞいてみれば、良心的だの純潔だのと言える道理がない。それを最も見ないのが婦人である。

見ないで潔白ぶったら、亭主は一喝《いっかつ》すればよいのだが、近ごろ細君の口まねをする亭主がふえた。似たもの夫婦でめでたいが、そこからは何ものも生まれない。

新聞はこれを助長してきた。紙面はすでに救いようがない。いくらエリを正すと言っても、派閥を解消すると言っても、金をばらまかないと言っても、もうだまされない。読者よだまされてはいけないと書いている。それなら何をせよと言うのか。

革命するよりほかないと、私は思っている。それ以外に思いようがないのに、新聞はそれを言っているつもりがない。

読者にもない。読者は電気釜をはじめ、洗濯機、冷蔵庫、掃除機の持主である。ことにテレビの持主で、その前にすわりこんで動こうとしない。革命してこれらを失うのはごめんだろう。

夫婦者がダメなら独身者を頼《たの》めば、彼らの健全といわれるものは、スリー・Cとやらを備えた甘たるい家庭を望んでいるだけである。不健全といわれるものは、六本木や原宿をうろつくばかりである。

老いも若きもフヌケである。革命の気力はみじんもないと見くびって、ジャーナリズムはこのなん十年、茶の間の正論を吐き続けてきた。この手の修身から何が生まれるか。怒ったふりが生まれる。泣きまねが生まれる。その他もろもろの「押すとあん出る」が生まれる。それだけで、おしまいである。

泡鳴のまねして言えば、その怒りは、その涙はウソである。浪花節である。浪花節は戦後もっとも軽蔑されているが、なに、依然としてわが国を蔽っている。「官」は常に悪玉で、「民」は常に善玉ではないか。

それは無位無官の、百万読者に迎合するための論だとは再三言った。すでに新聞は、言論を売買して独占している。テレビ、ラジオは追従するのみである。俗耳《ぞくじ》に入りやすい言葉でなければ、売れはしない。我らは売買された言論しか読めない。ほとんど読むことを禁じられた。そして、おうむ返しに口をとがらし、そら涙をこぼしていい気分になるように馴致《じゅんち》された。

茶の間の正義からは、何ものも生まれないと、笑ってばかりいていいものではない。それは、天下国家のためにならぬと私は書いたが、はたして読者の共感を得たであろうか。

有限会社、または株式会社と名乗る「法人」が激増したのは、戦後のことである。戦前、これらは皆「個人」だった。理解を絶した税金から、身を以てまぬかれようと、法人に転じたのである。いわば自衛のためだと、はじめ私は同情していた。

けれどもそれが嵩《こう》じて、今は日本中会社だらけになってしまった。俗に石を投げれば社長に当るという。大げさに言えば、五人に一人は零細企業の役員、または大企業の社員である。

ご案内の通り、一流のバーや料理屋の客は個人ではない。法人である。法人同士、誘い誘われて、時には誘うことを強要してまで行く。五万円使ったら、十万円の領収書を書かせ、半ばを自分の懐《ふところ》に入れる接待係もあるそうである。

景気不景気があるのは商売の常で、勘定を払い渋る法人があるという。あるだろう。女給は手土産を持って集金に行く。「払ってやるから今晩つきあえ」と言われることがあるという。あるだろう。

めでたく集金して、領収書を出すと、それには株式会社バー××と捺印してある。バーや料理屋は、早くすでに法人になっている。これも自衛のためだという。してみればその女給は社員、ひょっとしたら名義だけでも取締役かもしれない。

二人はその晩寝たとする。男と女、客と女給、個人と個人が寝たと二人は思っているが、なに法人と法人が寝たにすぎぬ。

銀座街頭を私は歩いて、あたりを見回し、このなかに全き個人が何人いるか、怪しむことがしばしばある。男子ばかりではない。妙齢の婦女子も疑わしい。今日、個人は稀有となった。初め個人は難を避けて法人に転じたのである。次第にそれに馴れて、今は進んで法人であることを悪用するようになったのである。

株式会社亡国論とは、会社という法人のおかげで、わが国は腐敗した、近く亡びるというほどのことである。何が言いたいか、察しのいい人はもうお分りだろう。

経済のことではない。モラルのことである。経済なら、うそかまことかこの二十年、わが国はひたすら繁栄し続けたという。高層ビルは林立して、東京は変貌した。けれども、道立ちて国生ずという。モラルを欠いては、ビルは立っても国は立たない。

事がここに至ったのは、すべてわが税制の故である。税こそ諸悪の根元だと私は信じている。金銭は末で、モラルが元である。以下税がモラルを崩壊させた次第を言うが、区々たる数字は論じない。論じようにも、第一よく知らない。

——東北地方の寒村から上京した兄と弟がある。中学を出て相次いで同じ八百屋に奉公した。いつか十年たった。今は独立して店を持っている。

兄が車を引けば、弟はあと押しした。互いに死力をつくして働いたから、貯金が四百万円に達した。兄の名義で預けてある。

その兄が、郷里から嫁を迎える。ついてはこの機会に、弟も独立してはどうか、おれはこの店と、店についた客と、オート三輪だけ貰えばいい。これらをざっと四百万円と評価して、それと同額の銀行預金のほうは、そっくりお前にやる、これで開業するがいいと、兄は弟に貯金の全額を譲った。

親子の仲でも、金銭は他人だという。兄弟はかくありたいモデルのような佳話である。話は談笑裡にまとまって、弟はその金で場末に店を持った。そして、ながく繁盛したならめでたいが、そうはいかない。

まもなく税吏があらわれて、資金の出所を聞いたから、つつまず答えると、やがて贈与税を払えと命じてきた。

弟は仰天して、これは自分がかせいだ分だと弁じたが、税務署は一蹴した。二人が共同で働いた当時の収入は、すべて事業主である兄のものである。資金はその兄から贈られたものだから、当然贈与税がかかると言った。

泣く子と税務署には勝てないと、弟は納めはしたものの、いまだに釈然《しやくぜん》としてない。ドブへ捨てたつもりで払って、心中深く遺恨に思っている。

理不尽だからである。弟ばかりでなく、読者も理不尽だと思うだろう。思わないのは税吏だけで、わが税制ではこれが正しいから、モラルに反しているとは思わない。

右は日本経済新聞の税務相談に出ていた挿話で、回答者は、この税ばかりか諸税をまぬかれるには、八百屋を法人に改めればいいと教えていた。

個人は常に不利である。かりに五人家族――夫婦と子供三人が、力をあわせて働いても、妻子は骨肉《こつにく》で社員ではないから、月給を払うのは不自然だと、税務署は認めてくれない。家族の勤労は以前は一人前四、五千円、昨今ようやく一万余円に評価されるようになったにすぎない。

給与が認められなければ、その分だけ店の「益金」は増す。そして、それには課税される。法人税は一定だが、個人のそれは累進《るいしん》してとどまる所を知らないから損である。

主人を社長、妻子をそれぞれ社員にして、あとは知人を名のみの取締役にして、書類にべたべた判を捺して、有限会社または株式会社にすれば、怪しや月給も賞与も払えることになる。長男に五万円、次三男、細君に四万円ずつ払って、賞与を与えても罰せられない。それらは「損金」と認められ、損金にはむろん課税されない。

一年間の給与と賞与を差引けば、その分だけ店の益金は減って、したがって店の法人税も減るから、節税のダブルプレーになる。ほかに必要経費、交際費が認められることが容易になる。現金のかわりに、約束手形を振出すことが可能になる。

八百屋の兄弟は、早く法人になっていればよかったのである。そして月給と賞与を貰ったことにして、着々と預金しておけば贈与税はまぬかれたのである。

面倒な手続きは私がしてあげる、早く法人におなりなさいと、税理士は勧めて十何年になるから、日本中会社だらけになったのである。

わが国の法人の大半はこのたぐいである。尋常なモラルでは理解できない税金を避けようと、書類の上だけで法人に化けたのである。それを勧めたのは税務署であり、国である。

ここに、旧制の中学を出て、勤続三十五年、下づみのまま定年に達した会社員がある。退職金〇百〇十万円に、預金を足して豆住宅を建てた。それを妻の名義にした。そしたら、退職金に課税され、豆住宅に不動産取得税がかけられ、その上妻に与えたから、贈与税がかけられた。払えなければ、借金しようと、その家を売ろうと、要するに払え、それからさきのことは関知しないと言われた。

モラルだろうか。糟糠《そうこう》の妻に、豆住宅を贈って何が悪い。ゴホウビをくれてもいい位の話である。昔の悪代官もよくしなかったところである。

これしきのものに課税して、国はメめていくら利するというのだろう。僅かばかりの利によって、恨みを買うだけである。古人は「国は利を以て利となさず」と言った。

これをまぬかれるには、夫婦が法人になるよりほかはない。夫婦有限会社を登記して、亭主は細君に給与と退職金を支払うよりほかないと言ったら、おかしいか。

おかしくはないと、私は思っている。げんに八百屋の兄と弟は、法人になった。そのなること何ぞ遅きと、新聞に評されていた。

株式会社は、資本金五万円でも十万円でも創立できる。わが国の法人の三三パーセントは、資本金百万円未満の会社だそうだ。五百万未満なら八五パーセント、千万未満なら九五パーセントだそうだ。(昭和四十一年現在。以下数字はこれに準ずる)

千万未満は零細企業だから、会社らしい会社は五パーセントしかない勘定である。それだって怪しい。サンウェーブは会社らしい会社だったか。山陽特殊製鋼は法人らしい法人だったか。

何をかくそう、私もその法人の一人である。しばらく個人でいたが、十余年前すすめられて法人になった。私はジャーナリズムの経営者で編集者だから、もともと法人になる必然性なんかありはしない。同じく難を避けるためになったのである。それなら肉屋や八百屋と同じことだと、みずから嘲って、私は私をふくめて、これらを十ぱひとからげに、「八百屋株式会社」と呼んでいる。

株式会社のくせに株券が一枚もない。発行する意志がない。なくてもいいと聞いた。いけなければ浅草の合羽橋に、出来合いの株券を売る店があって、それで間にあわせればすむそうだ。その必要がなく、買いに行かないから、真偽のほどは知らない。

株券がないのに、株主は居る。そのありもしない株の、ありもしない株主が、ときどき勢ぞろいして、株主総会というものを開く。いつ、どこで開くか、そんなことを八百屋や肉屋が知ろうか。紙の上で開けばいいと教えられて、それに従っただけである。

だから私は、社員に私を社長と呼ばせない。彼らのことも社員だと思わない。いつも○○さんと呼んでいるから、たぶん○○さんだろうと思っている。八百屋が若い衆を社員、おかみさんを専務と、本気で呼んだらおかしかろう。諸君も聞いて笑うじゃないか。

わが社の「社規社則」には、第一条、わが社は八百屋株式会社である。第二条、よって社長と呼ぶことを禁じる、姓を呼べ。第三条、私の目の黒いうちは、約束手形は振出さない。振出したら近くつぶれると思え。第四条、資本金は一千万円、但しそれが目下どこにあるか知らない、云々《うんぬん》と書いてある。

資本金の一条を挿入したのは、このごろ入社試験を受けに来る男女の大学生が、学校で教わるのか、資本の多寡を問うからである。真の法人ならいざ知らず、ニセ法人の資本金を聞いて何のたしにするのだろう。

資本金というものは、常に金庫のなかに鎮座《ちんざ》しているとでも思っているのだろうか。それを聞くくらいなら、負債のほうも聞いてはどうか。

雑誌「暮しの手帖」の出来のよしあしは才知によって、資本金によらない。「暮しの手帖」ではないけれど、私の雑誌は独自なジャーナリズムである。そのよしあしが資本金と関係があると思っているヨと言うと、今は腹をかかえて笑うものと、何がおかしい、聞くのは当然だと笑わぬものとに分れた。

私は手形を振出さないと第三条に書いたのは、創業に当って、私は買ったものは払うと決心したからである。現金で払って、手形は一枚も振出さないと決心したからである。

当り前ではないかと、思うなら個人である。個人なら、買ったものは現金で払うにきまっている。手形なんぞ見たこともないだろう。けれども法人なら、買っても現金で払わない。大会社のまねして、豆会社まで約手で払う。会社と会社の取引は、戦後はすべて手形で決済されている（戦前は現金）。その手形をまったく振出さないとは、常軌を逸した覚悟である。とても出来ない相談だと、経営者なら笑うだろう。

創業以来、私はそれを履行してきた。手形の便利を知らないではない。それにもかかわらず、私はあれを認めていない。あれは反古《ほご》である、ニセ札であるといまだに思っている。取引銀行で手形用紙を一冊買って「一金弐百万円也」と、五十枚全部に書けば、〆めて一億円になる。支払期日を半年さきに指定して、署名捺印すれば、現金として通用する。

永年小切手で支払ってきた私だもの、百万や二百万の手形を振出しても、とがめるものはない。よしんば私が今一文なしでも、一億円使えるのである。世間はこれを信用という。信用だろうか。

私は私自身を信じないものである。人は窮すれば何をしでかすか分らないものだと、反対に信じているものである。だから私は、手形を振出すことを、我と我が身に禁じたのである。

一文なしといったのは、物のたとえである。けれども、いま一億の現金はないとする。手形を振出せばそれが生じて、半年たてばその手形はらくにおとせるとすれば、商売はひと回り大きくなるけれども、私は大きくするつもりがない。

八百屋法人のテーマは、むやみに大きくしていいものではない。日本中をキャベツだらけにしても仕様がない。凡百の法人のテーマは、大同小異だと私は思っている。

それなのに彼らはひたすら手形を書く。法人なら書けるという誘惑に負けて、ついには五千円や一万円の少額さえ書く。それは振出人の知人には信用はあろうとも、第三者には反古である。

近ごろ夜逃げと首くくりがなくなったのは、個人が存在しなくなったからである。個人の責任は無限だが、有限会社の名からも知れる通り、法人の責任は有限である。会社は倒産しても、経営者個人は倒産しない。

個人と法人は別人格で、借金は法人にあって個人にないから、社長または社員が、かりに大金持であっても、債権者は個人を追及することができない。だから、個人は悉く法人に転じたのである。ニッポン無責任時代になったのである。

はじめ個人は避難して法人になったのだが、なって法人を悪用することをおぼえた。おぼえないほうがどうかしている。なかには最初からそれが目的で、法人は常に赤字にして、せっせと私腹《しふく》をこやしているのがいる。事が志と違って、ほんとに赤字になると、会社をつぶして個人はまぬかれ、「新社」と称して直ちに別会社を創立するものがある。

横丁の八百屋や肉屋ばかりでなく、資本金百億、五百億の、いわゆる大企業も同じだと私は言った。山一証券、明治不動産は横丁の住人ではない。けれども、会社はつぶれても法的には個人は別人格だった。

つかぬことを言うようだが、私は永年日本語を日本語に翻訳している。翻訳はもと外国語を日本語に移すことを言ったが、私は日本語を日本語に移すのである。たとえば、いくら資本金が多くても、それが不動産会社なら「千三つ屋」と訳す。証券会社なら「株屋」と訳す。

私は翻訳は批評だと心得ている。土地家屋の周旋人のことを、戦前は「千三つ屋」と呼んだ。千に三つ、まとまるかどうか分らない、あてにならぬ商売だから、世間は正業とみとめなかった。だから、業者の数も少なかった。

それがなん千なん万とふえたのは、戦災による住宅難のせいである。彼らは不動産業者という歴《れつき》とした名を名乗って、店舗もあり免許も持っているが、その実態はご存じの通りである。

証券会社には、何度か全盛時代があった。これからもあるだろう。株に浮沈はつきもので、だから昔は堅気《かたぎ》なら手を出さなかった。財産として所有することはあったが、朝《あした》に買って夕《ゆうべ》に売ることはなかった。あれば、それを商売にする「株屋」である。

株屋なら一夜にして成金にもなろうし、乞食にもなろう。それは覚悟の上で、店を支えきれなくなれば、これまた夜逃げするか首をくくった。「助けてくれ」と国にすがるとは、株屋の風上《かざかみ》にもおけぬと、戦前なら笑われた。今は笑わないが、第三者なら笑ってもよかろう。アハハハ――誰も笑わないから、ひとり私は笑わせて貰う。

近代的な証券会社は、昔日《せきじつ》の株屋ではないと、山一以外の大会社なら言うだろう。けれども、その幹部諸君は株屋出身である。出身でないまでも、株屋の血はまだ脈々と流れている。それがなくならない限り、私は翻訳することをやめない。

山一が倒産すれば、他も倒れ、ひいては銀行まで危いから政府はやむなく助けたのだろう。山一はそれを頼みに政府にすがった。すがったというより迫った。それなら脅迫である。

証券会社全盛のころは、わが翻訳は常にイヤな顔で迎えられた。彼らが馬脚をあらわして以来、イヤな顔をされること少なくなった。いつまたどうなるか知れたものではないが、しばらく晴れて株屋、また千三つ屋と翻訳できることは、私の欣快《きんかい》とするところである。

山陽特殊製鋼の例はまだご記憶だろう。資本金七十三億八千万、従業員三千余人、振出手形は何百億あったか知らないが、この社の手形なら現金同様だと言われていた。言ったのは銀行で、言うだけでなく、喜んで割引いたから、本気でそう信じていたにちがいない。社内に銀行出身の役員がいながら、倒産する日まで知らなかったという。

社長の交際費は年間五千万乃至一億、週に一度上京して宿泊するのに、時価一億の邸宅を東京に構えていたという。会社の金で買ったのである。六年来赤字のくせに、毎期粉飾決算して、利益があるとみせかけ、過分の配当をしていた。

以上は新聞の抜書きである。まるで伏魔殿だと記者は大時代《おおじだい》なことを書いてたまげていたが、本気だろうか。

年に五千万や六千万の交際費を使う経営者はいくらでもいる。上京して宿泊する邸宅を持つ社長もいる。してみれば金額に多寡があるだけで、彼がインモラルなら、我もインモラルで、咎《とが》めるには及ばない。一ッ穴の法人が咎めてもその言論には迫力がない。

いつぞや公務員に「平日ゴルフ禁止令」というものが出たと聞いた。聞いて改めて、役人は平日もゴルフに行っていることを思いだした。それは官庁出入りの会社が、入会金五、六十万を払って、往復の車その他の費用いっさいを賄った上のゴルフである。それは交際費として記帳され、損金となるから、くどいようだが官も民も同臭である。

私がゴルフを楽しまないのは、ゴルフそのものの故《ゆえ》もあるが、それだけではない。その話をして打興じて甚しいのを見ると、思いは入会金、道具に及んで、片腹いたくなるからである。海外旅行談、食道楽の話を聞くときも同様である。タダの酒ほどうまいものはないというから、さぞうまかったろうと言えないから私は応対に苦しむのである。

我々が腐敗しないで、官公吏や議員たちが、ひとりで勝手に腐敗するわけはない。彼らは我らの鏡である。同時代人というより、同一の人物である。ひとり片っぽばかりがダラクすることは稀である。双方共にダラクして、ダラクははじめて真のダラクとなる。

山陽はちとはげしいが、合法的な粉飾なら、たいていの企業はしている。企業を理解して、応援しようと株主になる人は稀である。多くは朝に買って夕に売り、儲けようとする。そのあてがはずれ、やむなく持ち続けて、配当が一割から六分に、六分から無配に転落したら何と言うだろう。

もともと理解も同情もないのだから、事業の回復を待ってなんぞくれない。いまいましがって、悪《あ》しざまに言う。世間の評判になる。それがこわさに粉飾しても配当する。

経営は借金でするのが、経営者の手腕だとされて久しい。大企業の多くは自己資本二、借金八の割合で運営されている。銀行からの借入金の利息は損金になるが、支払配当金は損金にならないからである。

経営者はひたすら銀行から借りようとする。借りるには化粧された「きれいな決算報告書」が要る。銀行は貸して利息をとるのが商売だから、大会社には貸したがる。きれいな報告書の裏を見破ることができないのは、できないのではない、したくないのである。大銀行と大企業は仲良しというより、ぐるである。倫理的に同じレベルにいる。

まさかとお思いなら、吹原事件を思いだすがよい。いつぞやたて続けに銀行からドロボーが出て、それなりけりになったことを思いだすがよい。

法人が金銭を救うことかくの如くだから、銀行がその影響を受け、銀行がかくの如くだから法人が、ととどまる所を知らないのである。

ご存じのことと思って申し遅れたが、交際費というものは、年間四百万円以下なら、無条件で損金として課税されない。以上なら資本金に応じた免税額があって、それは例えば「東京電力」なら、四億八千万円だそうである。そして、免税額まで交際費を使わぬ大企業は稀である。

昭和四十年度に使われた交際費は、五千三百億強だった。この額は同年度の国の予算の三分の一、同じく法人税の半分に当るという。五千億強のうち、免税点を超えて課税された額は二百余億にすぎない。有志はソロバンをはじいてみるがよい。たいてい無税、損金としてパスしていると分る。むろん、こんなに使うにはそれだけのわけがある。税に奪われる位なら使ってしまえというわけである。それは人情だと私は思っている。

大企業の幹部たちが、役人や政治家を一流の料理屋へまねいて、事業上の折衝が首尾よくまとまったら、それは私的な遊興ではない。まねかれた客（官）は必要経費と認め、まねいた側（民）に課税しない。しないのは当然で、したらまねいた側は怒るだろう。

ひと口にタダ酒というが、法人はタダ酒を飲まなければならない。どれだけ飲めるかが、幹部の法人に於ける地位を示す。

悪貨は良貨を何とやらするという。戦前派の由緒ある企業があったとしても、取引先がすべて由緒ある企業であるとは限らない。官公庁、公団その他いろいろと取引していることだろう。すればその影響はまぬかれない。

大企業の経営者の月給は、十年前は二十五万、三、四年前は五十万が相場だと聞いて、驚いたことがある。今は知らないが、せいぜい七、八十万、百万円どまりだろう。

ウソにきまっている。他からの収入もあろうけれど、一万人以上の社員を擁する法人の主宰者が、二十五万だの五十万だのと、どうしてこんな安い給料を、自分で自分に与えるのだろう。

重税を避けるためである。個人の所得税は累進してとどまるところを知らないから、かりに三千万円もらったら、いくら課税されるか、主宰者は勘定して驚いて思いとどまるのである。

松下幸之助氏の所得（三十八年度）は、ざっと四億五、六千万、税はその七割八分、したがって手取りは二割二分だったと、ご当人が語っている。二割二分は九千何百万に当る。この四億五、六千万は、法人税その他ありとあらゆる税を奪われた残りである。カスである。これが彼個人の所得で、これをいったん懐中させ、さらに七割八分を奪うとは、高利貸もよくしないところである。ドロボーのするところである。

思うに松下幸之助という人は、満身これ税金みたいな存在である。さらに蠢動《しゅんどう》すれば、さらに課税されると知りながら、なお動いてやまないのは、やむにやまれぬ大和魂（？）のせいか。とにかく銭カネのためではない。病気じゃあないかと、かつは怪しみ、かつはあきれて、私は帽子を脱いでいる。

規模は違っても、企業の主人公なら、常に彼の如く奪われる恐れがある。凡夫は当然これを避ける。表向きは五十万にして（この額首相の月収と一致することにご注意）、あとは機密費交際費、そのほか何だか知らないが、経理部長にまかせて、ありとあらゆる科目でおとす。別荘も自動車も会社に買わせ、おかかえの運転手も女中も社員ということにすれば課税されない。中小企業の主人なら、息子や娘の結婚式まで、会社に支払わせて平気なのがいる。

最低であると新聞は痛罵するが、当人は当りまえだと平気である。もともと彼は創業者である。株のすべては彼がにぎっている。経営は健全だから、他人の資本を必要としない。というより他人資本がはいって、発言することを好まない。要するに個人で、法人であることも、月給五十万であることもかりの姿だから、モラルは一貫しているつもりなのである。

創業者でワンマンなら、一理あると従う側近もあろうが、雇われ社長がそのまねをしたら、重役や部課長以下それにならうだろう。

タダ酒を飲むなというのは、個人のモラルである。飲まなければならないのは、法人のモラルである。この矛盾を知らないで説教するのは世間知らずである。知って「期待される人間像」を云々するなら厚顔である。

私はかねてモラルを一貫する方法はないかと工夫して一計を案じた。

私はゴルフも麻雀もしない。自動車も買わない。別荘も持たない。パーティも開かない。視察と称して海外に遊んで邦貨を浪費しない。要するに私は社用の金を全く使わない。したがって社員にも使わせない。個人なら倹約で、倹約はモラルだが、法人ではそうはいかない。ほめられるかと思いきや、稀代《きだい》のケチだと言われる。ケチは人間の常だと、私は平気だが、やがて税金を奪われると、それ見たことかと、社外ばかりか社内からも笑われる。交際費に便乗できないのは、どこの社員も喜ばないことである。

私は腹を立て、倹約した分だけわが月給を増したらどうかと考えた。五十万円倹約したら五十万、百万なら百万、以下スライドして月給を増すことを考えたのである。その分に課税されることは、覚悟の上である。かりに月給を五百万として、諸税あわせて六割課せられてもがまんする。六割は三百万に当る。三百万差引かれても二百万は残る。この二百万こそ、俯仰《ふぎょう》天地に愧《は》じない二百万である。

これで自動車を買い、運転手を雇い、バーや料理屋で遊ぶなら遊んでもいい。社員を馳走するなら、これでしたい。それならいさぎよい。これでようやく一貫した。

ある年は月給五百万、ある年は七百万貰おうじゃないか、いけませんかと、私は顧問の税理士に相談したことがある。

結構ですと彼は一笑したから、事は半ば成ったかと早合点したら、ただし税務署はそれを認めませんよと言われた。なぜ？

法人の代表社員が、利益と予想されるものをスライドして、月給としてとれば、法人税はとれなくなる。それは、法人税を払わぬための算段だと解釈されると言われて、私は唖《あ》然《ぜん》とした。六割だか七割だか知らないが、毎月給与の半分以上を差引かれていれば、すでに法人税に当る分を前払いして余りあるのではないか。彼らは二重に三重に奪うことに馴れすぎた！　かくて私は、諸税をわが一身に集めて、モラルを一貫することの不可能であることを知らされた。雄図《ゆうと》は空しく挫折したのである。

私は、改めて大企業の経営者諸君が、二十五万だの五十万だのというニセの給与所得者であるゆえんを知った。おかかえの運転手を女中を、社員と詐称《さしょう》する理由を知った。バーやキャバレーが繁盛するわけを知った。零細企業の役員諸君が、争って海外に遊ぶわけを知った。

組織が巨大で、社員が何万人もいれば、下っぱには何が何やら分らない。それを下っぱは好んで潔白だと誤解する。ためしに法人になってみれば分る。誰しも同じことをする。幸か不幸か、私は八百屋法人の主宰者だから、法人のすべてが八百屋だと察することができるのである。

されぱといって、いまさら零細八百屋が巨大八百屋のまねをしては、わが沽券《こけん》にかかわる。手形を一枚も振出さないできたことも、水の泡になる。一銭もムダづかいしないことが、税吏の餌食《えじき》になるだけなら、交際費をはじめ、私もあらゆる科目で落さなければならない。

落しかたを知らないではない。ただ、私はがまんができないのである。自分が自分の金をごまかすことに——。

ちょろまかすということは、他人のもの、または他人の金にすることだと、私は子供のときから心得ていた。それを自分が自分に対して、しなければならないとは！

芸人や文士は、最後の個人である。かせげばかせぐほどまきあげられる。彼らは特殊な、個人的な才能で、国は何一つ手助けしない。しようにも出来ない。それなのに七割を奪って、三割を投げ与える。だから○○芸能プロと称する法人を作り、そのプロから給与を貰ったことにすれば、タレントは法人になり得る。言うまでもなくそれはトンネル法人、ニセ法人で、彼は彼個人をごまかして、税の大半をまぬかれるのである。

税はまぬかれても、心身の頽廃《たいはい》をまぬかれることはできない。自分の金を自分が盗むとは、神武以来の椿事《ちんじ》である。頽廃の極である。その極になりたくて、なれない不平を鳴らすものがある。夫婦法人、文士法人のたぐいがそれで、そのうち知恵者があらわれて、合法的にこれらが創立されるかもしれない。

いついかなる時代でも、この世はウソで固めたところだと、私は思っている。それはそれでいい。けれども、ものにはほど、というものがある。こんなにウソで固めた時代は、有史以来なかったのではあるまいか。ここまで固めてはいけないのではないか。

それもこれも、わが税制のゆえである。これを改めない限り、区々たるモラルは論じてもはじまらない。論じてもむなしい。モラルは税制の結果だとは、すでに言った。個人が法人に変装したのは、国が強《し》いたからである。私は我と我が身をかえりみて、わが半身が法人と化しつつあることを認めないわけにはいかない。

もとの個人にして返せ、と言いたい。

ポッカレモン

「ポッカレモンとビタミンC」「化粧品の値だんは高すぎないだろうか」という二つの文章を「暮しの手帖」89号で読んだ。読んで一ヶ月もたったら、世間が騒ぎだした。ただし、騒いだのはレモン飲料のほうで、化粧品のほうではない。

ポッカレモンの名は、私もテレビで承知している。朝から晩までCMが歌うから、おぼえてしまった。世間はもっと承知だろう。

ポッカレモンには、大小さまざまなビンづめがあるという。ビンづめだから、生レモンとちがって切らなくてすむ。しぼらなくてすむ。ビタミンCは、生レモンの三倍はいっていると広告しているから、ためしに調べてみたら、天然のレモンとは縁もゆかりもないと判明した。天然のレモンなら、クエン酸とリンゴ酸が含まれているはずなのに、クエン酸だけしかはいっていないという。

小ビンと中ビンには、たしかにビタミンCがはいっているが、どういうわけか大ビンには、全くそれがはいってない。

　大小を問わず、ビンとビンの箱には、したたるばかりの生レモンの絵がかいてある。誰だってそのエキスが、ビン中にみちみちていると思うにきまっている。

　そう思わせて、さらに大ビンのほうがずっと徳用だと思わせて、さてその徳用ビンだけにビタミンCが絶無なら、詐欺ではないかと、暮しの手帖は論じて委曲をつくしていた。

　――化粧品の値だんは高すぎないか？　むろん、高すぎると言っているのである。例をコールドクリームにとって、AとBと、もう一社の製品を槍玉にあげていた。

　この三つのメーカー品と、Cという無名品の中身だけをくらべたら、ほぼ同じものだったというのである。

　中身だけを取りだして、メーカー名をかくして、十人につけさせてみたら、誰も区別できなかった。そして、値段は一グラム当り、AはCの十倍、すなわちCが百円ならAは千円だというのである。

　ついでに、入れものにいれたまま、同じ十人につけさせてみた。もっともこれには細工して、Cの入れものにはBを、BにはAをいれたら、Cはすこぶる好評だった。

　要するに、中身に大差ないことを、手をかえしなをかえ立証しているのである。誰もそれを疑うまいから、私はこれ以上紹介する必要をみとめない。

けれども、化粧品は中身ばかりで売れるものではない。メーカーの名前で売れる。入れものでで売れる。それにしても、あんまりではないか。千円の半ばは宣伝費か。客は宣伝費を買わされているのではないかとなじると、メーカーはきまって、宣伝するから大量生産できる。大量生産するから安くなる。しなければ少ししか売れないから、逆に高くなると答えるが、化粧品に限っていうと、これはウソである。

Cという百円のクリームの出現は、喜んでいいことである。ただし、これはデパートにはめったに出てない。百円ならまるごと儲けてもたかが知れているから、置きたがらないのである。化粧品に限らず、いくら品《しな》がよくても、安いものは置かないなら、デパートは客の敵かと、暮しの手帖は結んでいた。

右のダイジェストでも分るように、論旨はすこぶる明快、または痛快である。終始客の立場で調べ、発見し、論じている。言論は常にかくの如くでなければいけないと、かねて私は思いながら、それが出来ないのである。

なぜ出来ないかというと、私はもともとポッカレモンなんて、この程度のもので、べつだん怪《け》しからないと思っていないからである。

ことにこの号が出るや否や、テレビ局に電話が殺到したと聞いたら、いやな気がした。参議院では野党が、早速これを道具に使って、与党に迫ったと聞いたら、再びいやな気がした。生レモンと無縁なことを分析して発見したのは議員ではない。彼はそれを受売りして、議政壇上に大中小のビンを並べて、正義漢になりすましたのである。

電話の主《ぬし》である主婦たちは、テレビに責任があるととがめたそうだ。無縁だと承知で広告したのか。知らないでしたのなら、これまでのことは勘弁してやるが、今後は広告しないがいい。テレビはCMの内容にも責任を持て。信用ある品だけを推薦せよ、云々《うんぬん》。

アフタヌーンショーの司会者桂小金治は、ひんぴんたる電話に、はじめまさかと疑い、次いでメーカーを問いつめ、ついに徳用ビンには絶無だと知って仰天したという。かねて正義の味方だと思い思われている彼だもの、本来なら頭をまるめ、満天下の視聴者に詫びなければならないところだが、ほかのことで既にまるめてしまったあとだからと、低頭してあやまったという。

けれども、テレビ局はビタミンの有無《うむ》なんぞ調査しない所である。箱とビンにれいれいしく印刷してあるものを、事実無根かと疑えと言われても困る。第一、そんな失礼なことを言えるものではない。

テレビにとっては、たくさん広告して、ちゃんと支払ってくれるのが、いいお客様なのである。いいお客様が悪い商品を作るはずはなし、作ってそれが露顕《ろけん》したら、視聴者と共に驚けばいいのである。万一、スポンサーが退陣したら、はいそれまでよ、である。多少の未払いがあっても、これまで儲けさせてもらっているから、あきらめればいいことである。そんなことは、どこの世界にもありふれたことだ。

いわんや司会者、芸人、アナウンサーの如きは、与えられた文句を暗誦するのが商売である。スポンサーがおりない限り、そのＣＭは言われ続ける。同じ時刻、同じ番組で連呼される。頭をまるめるもまるめぬもない。本来責任がないのに、あるふりをするのは、視聴者にあるかの如き錯覚を持たせたから、それにばつをあわせ、いずれ忘れるのを待っているのである。

スポンサーを疑う発想は、そもそもテレビには生じない。それは暮しの手帖のような雑誌に、はじめて出来る芸当である。創刊以来この雑誌は、いかなる広告も載せていない。拒絶してきた。

なぜ載せないかというと、載せれば商品の品定めが出来なくなるからである。一流メーカーの冷蔵庫や洗濯機の広告を載せて、その一流ぶりを遠慮なく論じることができるだろうか。

お察しの通り、私はむしろポッカレモンより、それをとがめる主婦たちのほうを嫌悪している。テレビは見たり聞いたりするだけでなく、電話で問答できるメディアになった。昨今電話はどこの家にもあるから、無考えにかける女がふえた。

ポッカレモンは紅茶にいれてよし、まるごと飲んでよし、顔にぬっていいものだそうだ。生レモンは、肌を若く美しくする。したがってそのエキスがみちみちたレモン水を、飲むばかりでなく全身にふりかけたら全身が——と、風呂場でまる裸で噴霧器でふりかけた女があっても不思議はない。

せっかくふりかけたのに水の泡かと、怒って電話したのだろうが、むかし、歯みがきにもなるし、おしろいにもなると売出してよく売れた白い粉があったという。歯みがきとおしろいを兼ねたものを信用する昔の女を、今の女はあざ笑うが、飲んでよし、ぬってよし、まるごとふりかけてよいものなら信用するのか。

ビタミンは現代の迷信の一つである。極端な偏食さえしなければ、ビタミンなんか不足しないものだ。それを不足だ不足だと言いふらしたのは薬の大メーカーである。その広告をまにうけて、十なん年前注射することがはやった。疲れたといっては打ち、徹夜だといっては打つのを見た。

打てばみるみる元気になること、ポパイにおけるほうれん草の如しと、目の前で打ってみせ、どうです貴君もとすすめられたから断ったことがある。自分で自分に注射するなんて、デカダンではないか。みずから刺してチクリとさせ、チクリとしたから（そりゃするだろう）、きいたと思うなら野蛮人である。

注射のあとは、アンプルがはやった。四十五十のインテリ（？）まで、薬屋の店先で立ちのみして気分をだしているのを見たことがある。

この二十年来、欠乏してもいないビタミンを飲む流行に、ポッカレモンは乗じたにすぎない。すでに発想が迷信につけこむにあるなら、だまされたもないものだ。これにだまされる位なら、死ぬまでその時代の迷信にだまされるだろう。

だまされたがる男女がいるから、だます男女がいるのである。ビタミンはその息《いき》のながいものだ。根底がいかさまなら、枝葉もいかさまにきまっている。小ビンと中ビンにはふくまれているビタミンを（高価でもないビタミンを）、大ビンだけに惜しんだ料簡は、誰にも分らない。たぶん、うっかり入れ忘れたのだろう。してみればメーカーは、はじめからビタミンなんか信じていなかったと察しられ、いっそ私にはユーモアが感じられるのである。

飲んでよし、あびてよいポッカレモンは、正体不明の清涼飲料水である。その発売元は無名の存在である。怪しい商品と無名の会社が、一挙に売出すには日ごと夜ごとテレビに出るに限る。テレビはそのためにある。品物ばかりではない。タレントと呼ばれる芸人たちもそうである。テレビに出ていたから信用した、と言えば通る世の中である。

テレビもまたあざむくかと、これによってこりるがいいが、善男善女はこりはしない。

そのつど電話して、「非《ひ》」は常に他人にあって、断じて自分にないから、永遠にこりる気づかいないのである。

こりなければ、再び三たびだまされる。何度だまされても、非は彼にあって我になければ、とがめていい気分にはなれようとも、経験が経験にならない。他人の経験はおろか、せっかくの自分の経験も経験にならない。

そして、あざむくのは、無名のメーカーばかりではない。また、日本人ばかりではない。某メーカーのオレンジジュースは、色こそ赤いが、オレンジなんかはいっていないこと、ポッカにおける生レモンの如しで、あれは色つきのミカン水みたいなものである。けれども、いわゆるメーカー品である。メーカー品といえば、ポッカ騒動以来、その筋が調べたら、大手六社のレモン飲料はみんなこのたぐいだと判明したという。

化粧品メーカーAもまた有名会社である。ところが、これは逆に無名のCが百円で売っているクリームを、十倍に当る値段で売っているそうである。同じ号を読んで、主婦たちは、タレントたちは、電話をかけただろうか。かけなかっただろう。かけても相手はびくともしないだろう。六十年だか七十年だか知らないが、Aにはそれを婦人に売ってきた歴史がある。これを信用という。

私は何を言いたいのか、怪しむ人があるかもしれない。暮しの手帖のように言えば、明快かつ痛快だと承知しながら、私はそれをしない。出来ないのである。私はポッカを非難しているのではない。さりとて弁護しているのではない。人間万事かくの如しと眺めて嘆じているのである。手前どもは信用第一でと、いくらもみ手されたって、馬肉の牛カン、魚のハムじゃないか、大手六社どころか百社じゃないかという念が、払って去らないから、まるごと言うのである。

私はプラスとマイナスを、同時に言わずにいられない。同時に見えるからである。近ごろ「対話」というではないか。私は私と問答して、「正」と「負」を共に言う。

薬の飲みすぎ、またビタミンのとりすぎは、小便と共に去るのみだと私は笑ったが、これは暮しの手帖が笑っていいテーマである。同じ号の一方でそれを笑い、一方でポッカレモンにビタミンなしと難じて、二大特集にしてもいい位である。

両者は共に明快だが、ビタミンのとりすぎを笑うことと、それが含まれていないことを怒ることとは矛盾する。

矛盾しても、それが別々のページなら、読者は別々にうなずく。痛快がる。はなはだしきは投書して、メーカーやテレビを難じ、難じているうちに自分が正義のかたまりみたいないい気分になる。

それでいて忽ち忘れ、常の如くビタミン剤を飲むやらかじるやらするのである。それならつい今しがた痛快がったり正義のかたまりだったりしたのはウソかと、甲斐《かい》ないことと知りながら、私は論じて分ってもらえるかと、同一の紙面に双方を並べるのである。

私は私と問答して、洋の東西、時の古今を問わず、人間万事ポッカレモン——と言って分りにくければ、大手六社かと嘆じて明快なつもりだのに、貴下は正義の敵か味方かとつめよられる。

味方でなければ敵だときめる人が多すぎる。それは最も対話的でないものではないか？対話にはまず意見の対立がなければならない。もっとも対立ばかりなら喧嘩で、対話にならない。意見の一致がなければならない。さりとて一致ばかりしていては、互にうなずくのみで、これまた対話にならない。対立と一致がこもごもあらわれ、話は進行しなければならない。

かくの如く対話は、することが既に至難で、聞いて難解で、読んで面白おかしいものではない。それが近ごろはやるのは、うそかまことか都知事が都民と対話したがっていると聞いて、野次馬が騒ぎだしたからである。

私は都知事と都民の間に、対話は成りたたないとみるものである、と言って野次馬の怒りを買うなら、成りたつこと困難だと思うものである。二十年来わが国の学校は、ジャーナリズムは、「話しあい」を推奨して、その甲斐がないのにあきあきして、対話という言葉にとびついた。だから、対話は話しあいが化けたもので、むろん、共に言葉だけのもので、化けの皮はいずれはげるものである。

つとに私は対話の困難にさじを投げている。大学というところは対話する場所だと聞いたが、今も昔もわが国ではそれが行われたためしがない。そこで私は、私のうちなるもう一人の私に発言せしめて、それと問答することにしたのである。せめて、ひとりごとを言うことにしたのである。

それにもかかわらず、説いてここに及んでも、なお貴下はレモン飲料の敵か味方かと問われる。彼らは私が、正義の電話を揶揄《やゆ》したから、不正の友だときめたがる。電話の主は婦人だから、ついでに婦人の敵だと思いたがる。大中小のビンを林立《りんりつ》させた社会党の一員を冷笑したから、保守反動の一味《いちみ》だときめたがる。さらに驚くべきは、暮しの手帖の、A化粧品メーカーその他の悪口を言っているのだと、早合点するものさえあらわれる（だろう）始末である。

奇想はたいてい天外よりきたるものだが、ずいぶん天外よりきたるものだ。そして彼らは、友か敵か分らぬものは難解だと片づけ、難解なのは私が悪いと片づける。

そりゃそうだろう。分れば痛快でもなければ正義でもなくなる。人は分って自分に不都合なことなら、断じて分ろうとしないものだ。

核家族礼讃を排す

「核家族」という造語を、このごろ新聞で見る。わが国の人口は、ついに一億を越えた。一所帯四人以下になった。平均すると三・九四人にすぎない。すなわち「核家族」であるという。

一所帯四人が理想なら、すでに理想を突破した勘定である。三・九四人なら、子供は二人にたりない。

ここには、年寄夫婦はいない。彼らおよび彼女たちは、どこへ去ったのだろう。同じく核家族を構成しつつある。このほうは二人きりで、今さら子供は産むまいから当分二人で、いずれ一人で、それもやがて死に絶えるだろう。

けれども私は、核家族、核家庭のごときは、家庭ではないと思っている。年寄のいない家庭は、家庭ではない、と思っている。

物々しく言うと、家に年寄がいないと、衣食住の伝統が断絶する。世話にくだいて言うと、着物を縫ってもらえなくなる。着せてもらえなくなる。家の味、いわゆるおふくろの味が滅びる。年中行事が消えてなくなる。

なあーんだそんなことか、それなら覚悟のうえだ、承知で年寄を拒絶したのだ、と平気なむきもあろうが、ついには言葉が通じなくなる。

げんに老若、親子の間の言語は、通じなくなって久しい。これも進んではねつけて来たのだから、通じなくて平気だろうが、それは若者同士の間の言語の不通を招く。相思の男女の間でさえ、すでに言語は通じなくなっている。二人の間にはホルモンがあるから、通じない話題を避け、それに気がつかないでいるだけのことである。

互に言語が通じなくなっては、文明でもなければ文化でもない。野蛮である。まさか、とお思いだろうから、なるべく具体的に述べる。

衣類はつくろうより買ったほうが早いという。男子の和服はすでに滅びた。女子のそれも、卒業式と結婚式の式服と化しつつある。

和裁を習う少女は稀で、洋裁なら多いが、これまた自分で縫うより買ったほうが早い。早いことは安いことだから（時は金也）、買っては捨て、捨てては買い、ついに針持つ機会がない。機会がないと知って習う裁縫なら、身につく道理がない。

住宅は焼け失せて、復興しないものの随一である。若夫婦に許されているのは、アパートか団地である。このごろむやみに「おふくろの味」を壊かしがる男があるのは、両親と先祖と縁を切れば、人がわずかに過去とつながるのは、この「味」だけだからである。

おふくろの味は、惣菜にある。味噌汁にある。漬物にある。それは他人にはたいていつまらないもので、当人だけにありがたいものである。

白瓜は格別うまいものではないけれど、仔細あって私は、枝豆とともに贔屓《ひいき》にしている。茄子も胡瓜もトマトも、温室で栽培される。洋食のつけ合せのサラダには、冬でもトマトや胡瓜が添えてある。温室育ちのトマトは、色も歯ごたえも羊羹に似て気味が悪い。あれはにせものである。

いまどき温室で栽培されないのは、白瓜と枝豆ぐらいか。安心して食べられるのはこの二つかと、私は珍重しているのである。

むかしわが家は大家族だったから、おやつの枝豆は大鍋で具足煮《ぐそくに》にした。具足煮というのは、枝ごとうでるのである。

白瓜はぬか味噌につけない。塩押しする。背の低い小桶に、たてに割って、種を去った白瓜を伏せて何本か並べ、ふたしてその上から重石《おもし》をのせる。だから、背にしわがよる。まるごとぬか味噌につけたものには、このしわがない。つるつる張り切っている。

背にしわがよった白瓜でなければ、それは白瓜ではないと、いまだに私は思っている。

それがわが家の「家の味」だったからである。理不尽だとは承知だが、家の味なんてそんなものだ。

よその家には、よその家の味があろう。げんに、枝豆を醬油で煮しめる家があるのを見て、子供心に私は驚倒した。けれども、そこではそれが家の味だったのである。

家の味は、食器ともつながりがある。わが家では、正月の雑煮は蒔絵の椀で祝った。その巨大な椀は、正月だけあらわれた。一つずつ薄紙から出されて、年に一度重々しく食膳に登場した。むろん、これらは今はない。

戦後私は所帯をもって、雑煮は茶碗で祝っている。白瓜はぬか味噌につけている。枝豆は具足煮にしない。私はわが細君を叱咤《しった》して、枝豆は具足煮にかぎると、大鍋にぐらぐら煮え湯を用意させるつもりがない。第一、それを食べる大家族がない。改めて蒔絵の膳部をととのえる気持がない。同じものでなければ、揃えて甲斐ないと知るからである。

それにもかかわらず、私は蒔絵の椀でなければ、雑煮は祝った気がしないのである。だからこの二十年、私には正月は来ない。これからも来ないだろう。

さりとは大げさなと、笑う人もあろう。これらは人生の些事《さじ》である。けれども、この世はこれらもろもろの些事から成っている。

物言わぬ家具什器も、人生の伴侶《はんりょ》である。ことに子供にとっては、それは行事そのものである。年に一度あらわれて、はじめて正月だったのである。

例を椀にとってわかりにくければ、古い食卓でもいい。それにも一家の歴史はきざまれている。そこにある数々のしみやきずにも、思い出はあるはずである。

それとは知らぬ嫁に来たばかりの他家の女が、この食卓を不潔だと、昨今はやりのデコラのそれと改めようと言いだして、亭主にいやな顔をされることがある。

亭主には反対する理由がない。はじめて他人だなあと、姑とともにこの嫁をながめ、気まずい沈黙がその場を領し、鈍感な嫁がふたたび三たび主張して、ついにわけのわからぬケンカになることは、人がしばしば経験するところである。

いわゆるおふくろの味は、美々しい料理にはない。芋の煮っころがしにある。それは母が伝えた。その母は一代前の母から、一代前の母はそのまた一代前から、以下順にさかのぼって伝えてとめどがない。近ごろやかましく論じられる「しつけ」に似て、それは個人のものではない。土地のものである。ご先祖代々のものである。

そのご先祖はもとより、父を母を追いだす、または自分から追ん出るのに成功したのが、核家族である。どうしてそれに成功したか。

女が男に示す結婚の条件は、身長なら一七〇センチ以上、一流大学卒、月収三～五万、年齢三十歳未満……。異口《いく》同音に、身長だけは一七〇センチ以上を望むが、胸囲や目方は問わない。目方を何十キロと指定したのは見たことがない。美男子でなくても感じのいい人というのも、きまり文句である。

再三これが婦人雑誌の記事になるのは、ホルモンのせいである。すでにホルモンがあって、相手がなければ、妄想が生じる。そこへ本物の相手が現われれば、妄想は消えてなくなる。身長や月収は、これ以下でもかまわなくなる。一流ならざる私大出でもよくなって、めでたく一緒になるのが常である。

ところがここに、彼女たちが断じて譲らぬ条件が一つある。それは両親と別居することで、ほかのことならがまんするが、これだけはしない。彼女は手をかえしなをかえ、彼に迫る。

彼はそれに抵抗できない。彼女と親とどちらを選ぶかと迫られて、親を選ぶ男はすくない。人情の自然に従えば、それが自然で、彼は彼女に追随してアパートへ去る。すなわち、核分裂するのである。よしんばそこが六畳一間でも、新婦は親たちと同居するよりましだという。

はじめ別居は、若夫婦の理想だった。次いで流行になった。流行になってしまえば、しめたものである。親たちの抵抗はなくなる。

すでにあきらめているから、新婦が同居してもよいと言えば、親たちはかえって怪しみ、やがて狂喜し、ついにちやほやするにいたる。嫁の意を迎え、あのきずだらけの食卓は、一も二もなくデコラととりかえられる。

けれども、ちやほやされるのは、幸福に似て不幸である。親たちは嫁に、知るかぎりのことを伝えない。はれものにさわるように、常に迎合をこととする。

親どもは子供より年とっている。年寄なら古い。古いなら悪いにきまっていると、若者たちは心得ている。

かりに強情な親がいて、嫁に家風のごときものを伝えようとしても、嫁は承知しない。白瓜はなぜしわがよっていなければ白瓜でないのか。蒔絵の膳椀を用いなければ、なぜ正月は来ないのか、とつめよる。

これらは返答に窮する些事で、些事からこの世は成ると、説いて委曲をつくして、納得を得たとしても、それはつかの間である。両者は赤ん坊の誕生によって、ふたたび、今度は決定的に分離する。

それが同居であれ別居であれ、若夫婦が親たちを、最も拒否するのは育児に於てである。親たちの育てかたは古い、古いものは悪いと、ここでも相場はきまっている。

若い母親は、子供を理想的に育てたがる。ビタミン、カルシウム、そのほかありとあらゆる栄養剤を与え、同時代の赤ん坊より大きくしたがる。

育児の本を山ほど読んで、赤ん坊はひとり寝かせるに限ると、雨戸を立てきってまっ暗にして、部屋のまんなかに置きざりにして、泣いても騒いでも、知らん顔をしている母親がある。授乳は時間によって、泣くによらない、赤ん坊をして闇と孤独と飢餓《きが》に耐えさせよ、という本の指図に従ったのである。

旧幕のころ、サムライの子はキモだめしをした。闇夜に墓場へ行って帰るたぐいで、これじゃあまるで赤ん坊のキモだめしだ。

子守唄をうたわぬ母親がいる。うたって寝かせる癖をつけては、うたわなければ寝ない悪習が生ずる。だから、うたわぬほうがよいと書いた本があるからだという。

たまには抱かせておくれと、姑が抱いて、思わずうたうと、嫁はにがい顔して赤ん坊をとりあげる。

家の味どころではない。子守唄もここでは伝わらない。この若いママは、知ってうたわないのだが、これで育った赤ん坊は、長じて母になっても、こんどは知らないでうたわぬ、またはうたえぬ母となる。

子守唄を禁じるような育児書は、百害あって一利ない。いっさい無用だというと、それなら、すべて旧式でいいのか、とふたたびつめよる。

いいのである。四十代から六十代の姑の育児法にも、まちがいはあろう。けれどもまちがいは新式にもあって、そのあること甲乙ない。なければ旧に従っていい。ブックメーカーの思いつきより、古人の知恵のほうがいいにきまっている。

いわゆる教育ママの狂気は、はじめ受験から生じた。受験も大学から高校、高校から中学と次第に年齢がくだって、幼稚園から赤ん坊、ついに胎内にさかのぼった。

赤ん坊から有名大学まで、一貫した方針をたてても、そうは問屋がおろさないことは、母親たちもまんざら知らないではない。自由になるのは赤ん坊の時代だけだと、おもちゃにしているのである。

核家族は子をおもちゃにする。世話を焼きすぎては為にならぬと知ってはいるものの、焼きすぎるのは子が少ないからである。五人も六人もいれば、そうそうかまってはいられない。やれお三時、やれお夜食と、つきっきりでいられるのは一人か二人だからである。

そもそも子供を一男一女に限ったのは、どういうわけだろう。貧乏だからだ、住宅難だからだというが、それればかりだろうか。

今は戦前のような貧乏はない。コッペパン一本、米の一升が買えない貧乏はない。隣家にステレオがピアノがあるのに、わが家にないというたぐいの貧乏ならある。たとい両親に家があっても、別居を主張して譲らない嫁ならいる。

子供を二人に限った根底には、女の助平がありはしないか。ねむれる女の助平を覚醒し、助長したのはブックメーカーである。育児の本同様、彼女たちはそれを鵜のみにして、上達して亭主を手こずらせるにいたった。

妻は怪しいネグリジェを着て、照明に工夫をこらし、らんらんと目を輝かし、夫を待ちかまえているという。

本来娼婦がすることを人妻がするのは、自らを侮辱することかと怪しまれるが、これは初め男がすすめたのである。身から出たサビである。

なぜこんなことをすすめたのか。私は公然たる娼婦が禁じられたためかとみている。禁じられた娼婦が分散して、娘や人妻に乗り移ったのではないかと疑っている。

女と男とどちらが助平か。亭主たちは女だというだろうが、ここでは争わない。しばらく同じくらいだということにしておく。すでに同じなら、核家庭が成った一因はここにもあろう。

性を羞恥するのは古い、古いのは悪い、進んで享楽すべし、それが健全であると性のテキストには書いてある。

いつまで若くていられるなら、ほんとは子供なんかいらないのではないか。それがかなわぬと知って、やむなく産んで、産んだら熱中して、テキスト片手にわが子をおもちゃにしているのではないか。

私は子供は大勢いたほうがいいと思っている。何を馬鹿な、と反対があるのを承知のうえで、多いほうが自然だと思っている。

兄弟姉妹が多いと、まず食物のとりっこになる。弟の菓子を奪う上の兄がある。それをあわれんで、自分のを分けてくれる次の兄がある。この心のやさしい次の兄が、いつも頼みがいある兄とはかぎらない。弟が外でいじめられていると、かけつけて助けてくれるのは、意外や菓子を奪った兄であり、心のやさしい次の兄は見て見ぬふりをすることがある。これによって、弟は二人の兄を見直す。人と世間の縮図を見る。実社会に似たものをここで経験する。だから長じて世間へ出ても、驚くこと少なく、適応できるのである。

私は木のぼりをしたことがない子は、子供ではないと思っている。ベーゴマやメンコを知らない子は可哀想だと思っている。

右はすべて今の母親が、禁じるところである。昭和初年の母親も禁じたが、禁じられていたから、した。だから、今の子もママの目を盗んで、せいぜい禁じられた遊びを遊んでいることと安心していたら、ママがつきっきりで脱出できない。首尾よく脱出しても、他家からたまたま逃げだした子と遭遇するチャンスが少ない。だから、遊ぶことを知らぬ子が激増しつつあるという。さすがに驚いて幼稚園に入れる。遊ぶことを学校で学ばせ、自分はまぬかれようという算段である。核家族ならそうするよりほかない。

私は核家族のなかの、一男一女の前途をあやぶむものである。赤ん坊から就職まで、母親は密閉して育てたがるが、いずれは世間へ出るのである。死ぬまでつきっきりではいられない。

禁じられた遊びを遊んだことのない子は、動物としての感覚を欠く。それはすでに顕著である。彼らは木のぼりはおろか、歩くことも知らない。バスで行くことを知って、歩いて行くことを知らない。交通事故が多いのはそのせいかと、私は疑っている。

逃げるのも追うのも、奪うのも奪いかえすのも、以前は遊びのなかで学んだ。つかみあいのなかで学んだ。

野獣はとらえた獲物をむさぼり食っている間も、背後に用心している。いつうしろから、ガブリとやられるかしれないからである。大げさに言えば、背中に目がある。ところが、人に養われ、甘やかされた家畜は、不用心な食べかたをする。主人にちやほやされると、じゃれてあお向きになって媚態を示す。

上りの電車が通過したから、大丈夫だと思って、下りの電車にひかれたという事故がしばしばある。魔がさすということもあろうが、私はかくのごとき青少年は、核家庭の出身者ではないかと思っている。

上りが通過したら、下りも来るかもしれぬと疑ってかかるのが、動物感覚である。ガキ大将に率いられた昔の子供なら、そんなことは百も承知である。線路に耳をつけて、遠くから来る電車の音に聞き耳をたてる――そんな危険な遊びをしたおぼえのある大人たちは、まだたくさんいるはずである。今は何食わぬ顔をして茶の間に坐っているから、なんならご主人に聞いてみるがよい。

ガキ大将は、一群の指揮者である。彼は自然に選ばれた統率者で、責任あるもので、危険と知ると逃げろと命ずるものである。

動物としての感覚というと、眉をひそめるママたちがあるかもしれない。けれども、食欲はもとより性欲もその一つである。人間万事これを基礎としないものはない。その感覚が萎靡《いび》するのは、すなわち人間が萎靡するのである。

兄弟が大ぜいいると、両親は一人にばかりかまけてはいられない。俗に片づくという。一男一女の核家族だと、一女を片づけると、母には一男しか残らない。これに熱中するのあまり、ついにはその結婚の邪魔だてするものさえある。母はひそかに息子と結婚したいと願うにいたる。

父は娘のムコとなる男に嫉妬する。落胆するぐらいならまだしも、半狂乱になる。娘を他人にやりたくない。というより、娘と結婚したいのである。それはがまんすべき人情で、吹聴するとはエッチ（H）である。近ごろ吹聴する男がふえたのは、核家族という造語は新しいが、事実はすでにある証左である。

新郎新婦は、その両親を代表者とする過去と縁を切って出発したがる。孤立してデビューしたがる。

けれども私は孤立した知恵や技倆は、たかが知れていると思っている。すべては過去に負う。たとえば、上手といわれた六代目菊五郎は、五代目菊五郎を襲った人で、その芸は五代目譲り、九代目団十郎写しである。さらには亡き尾上家代々、そのほか過去のもろもろの役者に負う。それら故人の魂魄《こんぱく》が彼にのり移り、彼をして演技せしめたのである。舞台を圧するその所作は、彼個人のものであって、個人のものではない。

下手な踊り手も同じことだ。学んで及ばなかっただけである。役者の例でわかりにくければ、台所の教えをあげる。

台所の庖丁さしは、目につく所に設けてはならぬ、ことに夜分《やぶん》はかくれて見えない所に置けという教えがある。

ある晩ある家にドロボーがはいって、幸か不幸か発見された。追いつめられた場所が台所で、たまたま暗やみにキラと庖丁が光ったから、得たりとつかみ、つかんだらかえって恐怖にかられ、こそドロ変じて居直り強盗になって、一家皆殺しにしてしまった。だから――というのだが、こんな椿事《ちんじ》はめったにあるものではない。けれども、あり得る。あった。広い世間のことだから、どこかで誰かが経験した。伝え聞いて、これが厨房の教えになったのである。

代々の経験と工夫がすべてである。個人の工夫は、それにぽっちり追加するだけである。踊り手だろうと主婦だろうと同じである。

核家族がふえると、当然知るべきことを知らないものがふえる。ふえると衆をたのんで横車押す。

建築家林昌二氏いわく、アパートの手すりのそばに、林檎箱が置いてあるのをよく見る。それに幼児がよじのぼって墜落すると、ママはアパートのせいにする。それが公共のものなら、国を非難する。みんな政治が悪いんだと、こんなときに便利な紋切型がある。

林檎箱を置いたのは彼女である。以前ならその不注意をとがめられて、彼女は世間に顔向けできなかったものだ。今は逆に食ってかかる。主婦たちはその尻押しする。

かくて、他人の経験はわが経験にならない。他人の痛みはわが痛みにならない。世論におされて、手すりは高くなるばかりだが、それは安全をもたらさない。

いつぞや私は、若い男女が、喫茶店で「個性」について論じているのを聞いたことがある。女はそれを、無くて七癖というほどの意味に用いていた。男は他人と同じことをすることだと信じて用いていた。同じことをしてなぜ個性的か、おわかりだろうか。

アイビーやコンチと称する男子服の流行はご存じだろう。若者はアイビースタイルに身をかためていた。銀座裏に群れているアイビーは、他の群れに対して個性的なのである。一団に固まって個性的だとは意外だが、彼はま顔だった。二人の間にはホルモンがあったから、にこにこして立ち去ったが、そこには言語の応酬はなかった。

老若の間の言語の不通は、若者同士の間の言語の不通をもたらす。言語は動いてやまないから、流行語のごときは案ずるに及ばない、滅びるものはしぜん滅びるという説があって有力だが、私はそれを疑うものである。

一コ二コという流行語がある。鉛筆なら一本、帳面なら一冊、薬なら一服なのに、子供たちはすべて一コと言う。「ちょうだいな」「何あげます?」「鉛筆一コ、帳面一コ」。

これが普及すると、逆に薬なら一服のほうが滅びる。一服盛《も》る、といって通じなくなる。毒殺することだと、和文和訳しなければならなくなる。すでになりつつあって、歌舞伎を見物中の娘いわく、何を言っているのだかちっともわからない、帰ろうよと立ちかけると、つれの娘いわく、まだあと一コある、見ないの?

五十年前には誰にも通じた芝居の言葉が、通じないことはしばらくおく。二人はあと一幕、又は二幕あるという言葉を知らないのである。すべて一コでまにあわせて、知る必要がないのである。

昨今の流行語は、昔のそれとは相違する。紙なら一枚、筆なら一本と承知のうえで、戯れに一コと言うのなら、誰も笑ってとがめはしない。一コが一服を一幕を滅ぼすから言うのである。

近眼はチカ目を、インチキはいかさまを、セックスは助平を滅ぼした。だから私は、わざといかさまと言うのである。チカ目と言うのである。エ？　と相手は問い直す。セックスですか。いえ助平です。

たいてい相手は笑いだす。笑っても通じるうちはいいが、近く通じなくなる。使うなら今のうちだと、せっせと私は使っているのである。

私が言葉を大切にするのは、戦災で日本中がまる焼けになったからである。衣食住の伝統が焼けうせて、残るは言葉だけになったからである。いま由緒ある言葉を一つ失うのは、歴史を一つ失うことになると思うからである。

「水は方円の器《うつわ》に従う」というが、人は住宅に従うものだ。西洋人が西洋人であり、日本人が日本人であるのは、その住宅に負う。石で出来た家はながく風雪に耐える。この寝台のなかで祖母は死んだ、母も死んだ、私も死ぬだろうと、ほこらしげにフランスの女は言うそうである。

われわれの住宅も同様であった。木と紙の家はたちまち焼けるが、昔は焼けても同じ家が建った。田の字型の家のあとには、田の字型の家が建った。太子堂のあとには太子堂が建った。火事とケンカは江戸の花だったが、焼けても同じ家が建ったから、家々の魂魄は帰ってきたのである。

それが帰るべき家を失ったのは、関東大震災以後である。このとき以来、焼跡に同じ家が建つこと少なくなった。衣食住が一変した。それまで着物を着ていた男たちは、洋服を着た。赤い瓦の文化住宅が建って、応接間ができた。台所が新式になった。

そして、戦災後は、アパートと団地とモダンリビングが建った。畳式から椅子式に変った。米食い人種は激減して、パン食い人種が激増した。われわれの伝統を伝えるものは、言葉だけになったのである。

アパートや団地は、何よりせまい。せまい住宅に従うには、人数が少ないに限る。そこで、期せずしてわが国の家庭は、夫婦を単位とするようになった。親子の縁は切れたのである。または切ったのである。

核家族という造語は新しいが、事実は早くあるとはすでに言った。あるにはあるだけの理由がある。私もそれを知らないではない。ただ礼讃しない。

親子二代、または孫を加えて三代が、同居している家庭はまだある。けれどもそれは不本意の同居だから、互に敬意もコミュニケーションもない。

昔は老人と孫との間に、言葉があった。どこの家にも昔話、おとぎ話の上手な年寄がいて、子供たちはむらがって、何べんでも同じ話を聞き、何べんでも同じ個所で手に汗にぎった。しまいにはそらで覚えた。

たかが年寄の昔話、おとぎ話だとあなどってはいけない。子供はそれによって、過去とつながったのである。日本の英雄豪傑、妖怪変化《へんげ》とお馴染になったのである。すなわち、日本の子供になったのである。

核家族の主宰者は、たいていママである。年は二十代、三十代とすれば、彼女たちのボキャブラリーは貧しい、というより無に近い。しかも、子守唄まで拒絶しようと身がまえている。昔話はおろか、いろはかるたも百人一首も知らない。

それでいてわが子には、本を読め読めと強いる。不安なのである。ばくぜんたる不安を、本にまかせて、自分は責任をまぬかれる算段なのである。けれども、本を読むことは、五十年前の、百年前の故人の話を開くことである。十年前の言葉が初耳で、どうして故人と話ができよう。

私は露骨に便所と言うのを避けて、手水場《ちようずば》またははばかりと言っている。それはしばしば通じない。この二十年、ご不浄またはおトイレと母が子に教えたからで、これしか通じなくなる日は近いだろう。手水場さえ通じないのは、彼らの家に二十年前の人が住まない、あるいは住んでも言語の応酬がない証拠である。

それは家でも家庭でも、人の世でさえない。私は彼らが、奈良や京都を見物して、感動したと称するのを、うろんだと思っている。十年前の言語とならば断絶して、千年前の古社寺とならつながって、たちまち感服するとは眉ツバものだと思っている。彼らは西洋人のように見物して、西洋人のように感服したのではあるまいか。

ふたたび私は年寄のいない家庭は、家庭ではないと思っている——と言えば年寄は喜ぶ。核夫婦はいやな顔をするだろうが、早合点である。何度も言うが、核家族という造語は新しいが、実物は早く存在していた。今のインテリ老人の多くは、その先駆である。あれは本物の年寄ではない。にせの年寄である。彼らは若夫婦と縁を切る前に、または切られる前に、ご先祖と縁を切っている。肉声で昔話一つ話してやれなかったのは、彼らである。

彼らの住宅には、たいてい仏壇がない。あってもそれは、老婆が恐縮して拝むのみで、彼女はそれをわが子に、わが孫に強いない。彼女が死んだら、たぶん先祖の祭りは絶えるだろう。

人は住宅という建物に従うから、核夫婦がアパートや団地に住めば、それに従う。それなら核夫婦の親たちは、何に従って今日にいたったのだろう。

文化住宅である。赤い瓦に代表される、昭和初年の、あの怪しい文化住宅に従って、若いと思っているうちに、いつしか年をとったのである。

彼らは西洋を模範として、わが国を一段低いとして、両方の伝統から見放された。核夫婦の育ての親は彼らである。瓜二つである。

叱るべきとき叱らなかったのは、彼らである。伝えるべきことを伝えなかったのは彼らである。そして「君たちの気持はよく分るよ」と、理解ありげなことを言い続けてきた。理解ありげに振舞えば、和気のごときものが生ずる、モダンリビングの和気である。けれどもそんな親を子は尊敬しない。年寄は子供より年とっている(当り前である)。年とっているから古い、古いものは悪いと言いだしたのは、彼らである。子供が言うならまだしも、親どもが言いだしたのだから、子供は大喜びで、以来何かにつけて古いと一蹴するようになった。親たちばかりではない。学生が言いそうなことを、察知して言いふらす教師が多すぎる。保守的は古く、進歩的は新しいから、彼らは何より保守的と言われることをいやがる。何とかして進歩的に見せたがる。これが一代前の老人と著しく相違するところである。

当人はそれを理解だと思っているが、迎合である。日本人は国語を大切にしない、かのフランスを見よ、と二たことめには言ったのも彼らである。けれども、言うだけで大事にしなかった。むしろ、外国語ばかり大事にした。

その妻である女たちは、家の味を伝えなかった。伝えるべき味を、すでに知らなかった。着物も洋服も満足に縫えなかった。だから、娘が年ごろになると花嫁学校にやった。その娘が孫の「しつけ」まで幼稚園にまかせるのは、母親を学んだにすぎない。

子の口まねするところまで、よく似ている。五十、六十のおやじのくせに、うろん、手水場のごとき俗語さえ遠慮して用いないで、嫁がおトイレと言えば、孫をだっこして、「ママさんおトイレ」と猫なで声を出す。

若い者の口まねを事として、伝統を伝える意志も能力もなければ、若夫婦は親たちと共に住んでも、何の得るところもない。追いだされるのはもっともである。

けれどもこれは、旧式の核家族が新式の核家族に追われたにすぎない。中身が大同小異なら、やがてはこの新式も、その子供たちから追われるであろう。

税金感覚

どうした風の吹回しか、私は今回はからずも大蔵大臣に擬《ぎ》せられた。どこの馬の骨か分らぬ私に、一国の財政をまかせるとは、宰相ついに血迷ったかと聞いてみたら、実は私は全国のサラリーマンに推されたのだそうだ。

私は無名の株式会社の経営者である。同時に無名の操觚者《そうこしや》である。中小だろうと無名だろうと、経営者なら資本家で、資本家なら勤労者の敵だと相場はきまっている。

それにもかかわらず支持されたのは、いつぞや私が「株式会社亡国論」を書いたせいだという。それを読んで、私を蔵相に任じたら、税は半減するに違いないと早合点して、「減税大臣」に推されたのだという。

いかにも私は、諸悪の根元は税制にあると論じた。これを改めぬかぎり、閣僚のがん首は、なん回すげかえても、やることなすこと同じである。首相はなん回エリを正そうと、エリはもとのエリだと言った。

官武一途《かんぶいっと》庶民にいたるまで、モラルは頽廃して、史上最低の時代を現出している。これを救うには税制を改めるよりほかないと言うために、私は税制を調べたのである。すなわちモラルを論じたいばかりに、税に及んだのに、かえって私は税に明るいと誤解された。誤解されるのも道理である。わが税制は、これを部分的に知るものは多いが、全体を知るものは少ない。というより、一人もいないと発見して私は唖然《あぜん》とした。

一人もいないから、調べて全貌を論じた私ごときが、税に明るいと思われたのである。ことに、最も知らないのは、ホワイトカラーである。彼らの月収はガラス張りで、一銭もごまかせない。しかるに、法人はごまかすこと自在である。だから不公平だと口をとがらすが、それは自分もごまかしたいということだと私は察している。

ホワイトカラーは（ブルーカラーも）、株式会社と称する「法人」の一員である。法人が清廉潔白で、納税第一主義で、ために給料も賞与も少ないより、適当にごまかして、給料も賞与も多い方がよいにきまっている。してみれば、彼らは一つ穴のムジナである。「資本主義のために飲もう」と、乾杯している一団の若者を、私は見たことがある。今夜は社用で飲めるぞ、というほどのことである。若者はめったに飲めないが、幹部なら毎日飲んでいる。

出世するということは、どれだけ社用の飲食が、車が、ゴルフが、交際費で落とせるかということだとは、私よりサラリーマンの方が知っている。その交際費は年々ふえるばかりである。何とかせよと、見ず知らずの私に言うのである。

けれども私は、株式会社（または有限会社）は、税金をごまかすための存在だと理解している。ごまかすといって露骨《ろこつ》にすぎるなら、合法的にまぬかれる、と言ってもいい。それでなければ、日本中が、こんなに会社だらけになる道理がない。

ご存じの通り個人の責任は無限で、個人が倒産したら、死んでも債務は消滅しない。保証人や妻子に及ぶ。

ところが法人なら——法人という架空の人格が、法律的には実在して、それに責任があって、個人にはない。法人は倒産しても、社員個人は依然として金持でいられる。

ずいぶん好都合である。だから、八百屋も魚屋も法人に転じた。手続きが面倒だから転じたくないといっても、税理士がすすめて法人にしてくれた。政府はアメリカの税制をウのみにして、法人税がとれて便利だとこれを奨励した。

日本中の法人の九割以上は、この「八百屋株式会社」だと私は言った。むろん、読者が勤務する企業もそうだと言えば、立腹する人もあろうが、サンウェーブ、山陽特殊製鋼等々のドラマを見れば分ろう。なまじ資本が大きいだけに、八百屋より始末が悪い。

いつの時代でも、この世はウソで固めたところだ。けれども、ものにはほどというものがある。それもこれも、個人が法人に化けたからで、それは国がすすめたのである。モラルであれと言うなら、もとの個人にして返せ、というのが、わが法人亡国論の論旨だった。けれども、世間は誤解したがる。いかにも私は税制を調べた、そして忘れた、といくら言っても信じない。

昨今自信を喪失した宰相が、再三懇請してやまないから、一日私は出頭して、拒絶してその理由を述べた。

第一、私は勤労者の味方ではない。さりとて経営者の味方ではない。多年にわたる彼らの傍観者で、傍観したあげく、両者にというより、人間そのものにアイソをつかしたものである。

わが税制を改革すれば、モラルはそれに従って改まるとは思っている。けれども、その程度の改良があったとて、つかしたアイソが回復するものではない。

畢竟《ひっきょう》、私は政治的人間ではない。それにもかかわらず、私は革命を志している。難解かもしれないがそれを言わしてもらう。事はやっぱり倫理に関して、税金に関しないから、そのつもりでお聞きくだされればありがたい。

くり返して恐縮だが、私は税金のことは知らない。知れば知るほどばかばかしいから、知ろうとしない。むしろ忘れようとして、いいあんばいにすぐ忘れる。ただし、税金感覚だけはある。それは私が育てたものではなく、国が育てたものである。

税は天災の如しと、私は思っている。天災じゃない人災だと、言われていることは承知している。だから、わざと天災だと思うことにしたのである。

身にふりかかる税金なら、私はあっというまに払ってしまう。まず理想的な納税者といえよう。けれども得心《とくしん》して払っているわけではないから、形ばかりの理想的納税者である。それは忘れるためだから、払うというよりくれてやる――と言えばおだやかでないが、なに皆さん同じだと私は思っている。

くれてやった金だもの、その行方《ゆくえ》なんか知らない。知ろうとしない。先方から言わせれば、毎年天から降ってくる税金だから、一々有難がってはいられない。事務的に処理する。

その行方に関心を持て、持たないからムダ遣いする。我々は我々の血税の行方を監視しなければならないと、言われて久しいこともむろん承知している。マジメ人間ならそう言うにきまっている。

我々は誰ひとり税金の全貌を知らないと、さっき私は言った。知っているのは、自分がとられたことだけである。それならキモに銘じている。いかに理不尽であるか、微にいり細をうがって論ずるのを聞くことがあるが、それは自分の場合だけで、他人に及ばない。断片的に知るばかりで、全体は知らない。

全体を知るのはその筋の親玉か。宰相以下蔵相のごときは、当然知ると思うだろうが、それが最も知らないのである。

首相の年俸は六百なん十万だそうで、彼はその六百なん十万を青色申告して、一銭もごまかさずに納税している。だから俯仰《ふぎょう》天地に愧じない。ところが実際の政治は無税の何千万、何億で運用されている。何千万、何億に対して六百余万は何割に当ろう。九牛の一毛で、その一毛を正しく申告して納税しても、税金感覚は生じない。他の閣僚も似たようなもので、つまり親玉連は税金のことはなんにも知らないのである。

知るのは下僚で、彼らはそれを「数字」として知る。数字として知るのみだから、それを移動して、増税したくせに減税したと、とんだ誤解さえする。

たとえばある年度まで、少年の月給の免税点は一万円だったと仮定する。それを一万三千円に引きあげれば、免税点は三割上昇する。大幅な減税だと手がら顔するが、物価はあがるばかりだから、むろん初任給もあがって、すでに一万円だの一万三千円だのという月給は、存在しなくなっている。したがって、中卒、高卒の給金も課税の対象になって、税はいよいよ天から降ってくるのである。当局はしばしば「自然増収」といって我々を不思議がらせるが、これはその一つである。

言うまでもなく、その筋の役人も薄給のサラリーマンである。してみれば、何億何兆という大金は数字にすぎない。実感を持てといわれても持ちようがない。

毎年三月になると、諸官庁では予算が余る。余ったら早く使ってしまわなければならない。使い果せばよい課長であり部長である。何百万何千万余せば、来年度の予算を削られる恐れがある。削られて喜ぶ下役があろうか。倹約したとほめるどころか、あの上役は無能だと非難する。

官庁ばかりか、大企業も同じことで、予算というものは分捕《ぶんど》らなければならぬものである。そしてそれを、期末までに使い果して、なお足りないと、来期は一回り多く貰わなければならないものである。

それでこそ頼もしい上役だと、自分の会社ならほめながら、よその会社ならムダ遣いすると咎《とが》める。予算は増えこそすれ、減ることはないのが原則である。まさかそれを知らないではなかろう。

マジメ人間というものは、自分のことは棚にあげ、正論を吐くものである。彼らはあたりを見回さない。見回して考えない。考える前に口走る。それはすべて新聞の口まねである。

新聞は経営者を悪玉にして、労働者を善玉にする。官を悪玉にして民を善玉にする。けれども、官は民の鏡である。民が腐敗しないで官だけひとり腐敗するわけがないとは書いたばかりだから、労資の間にたとえて言う。

労働組合や教員組合の組合費は、毎月天から降ってくる。いくらだか知らないが、途方もない金額で、小型の税金の如くである。それは勤労者の血と汗の結晶だというが、誰も一々結晶だなどと有難がりはしない。数であり、額にすぎない。

もうお忘れだろうが、なん年か前、総評が「新週刊」という週刊誌を出したことがある。勤労階級の週刊誌だから、勤労者はこぞって買うだろうと、毎週何十万部も発行したが、誰も買わなかった。

それは思わず顔をそむけるような、むざんな出来栄えの雑誌だった。だからちっとも売れなかった。それでもすぐ廃刊すれば、損は少なくてすんだろうに、面子《メンツ》を重んじて、一年二ヶ月、六十二号まで発行したから、損はなん億円に達した。

ムダ遣いである。そして責任者は一人も出なかった。出なかったのは、特に彼らが堕落していると言いたいのではない。ムダ遣いすること、責任をとらないこと――大組織というものは、官も民も、労も資も同じだと言いたいのである。

税金であれ組合費であれ、払った方は忘れたがっている。貰った方は、忘れることをあてにしている。血税というのは言葉だけで、実感はないと私はみている。

ジャーナリズムはただ農民と書けばいいものを、上に淳朴の二字を冠し、淳朴な農民と書く。ただ学生と書けばすむのに、上に純真の二字を加える。税金に血を冠して血税というのもこのたぐいで、百姓が淳朴かどうか、戦中戦後買出しに出かけた者は知っている。彼らは我らと全く同一の人物である。淳朴も純真も血も、「枕言葉」みたいなもので意味がない。

かろうじて私には税金感覚があるけれど、サラリーマンにはそれさえない。なぜなら彼らは月給をまるごと貰った経験がないからである。初月給から、何が何だか分らぬまま差引かれて、給料というものは、じゃらじゃら小銭の音がするものだとはじめから心得ている。たとえ二万でも三万でも、耳を揃えて貰ったためしがない。

だから、健康保険、厚生年金、失業保険、組合費、そのほか天引きされるものなら、何でも税金だと思っている新参のサラリーマンがある。そりゃ君、税金じゃないよと言うと、あ、そうかと笑いだす始末である。

給料の明細書を見て、いかに税金が高いかを、月給日だけならまだしも、まる一ヶ月、まる一年、語って倦まない者がいたら、彼は同僚から爪はじきされる。年がら年中、忘れたい話を聞かされてはたまらない。それに、彼のみひとり高い税率ではないではないか。

サラリーマンには年末調整というものがある。たいてい税金が返ってくる。二千円三千円五千円も返ってくると、儲かったとほくほくする者がある。細君にかくして小遣いができたと喜ぶ者がある。

あれは取りすぎた分を、返したにすぎない。有難がっていいものではないと言っても、有難がるのが人情である。払ったものは捨てたも同然だから、返れば拾ったような気がするのである。

つまり何も知らない、知りたくないのである。知りたくないのは、国にとってはもっけの幸いだが、それでも彼らはボーナスのときだけは関心を持つ。あけてびっくり騒ぎだすが、それも二、三日、せいぜい一週間だから、ほとぼりがさめるのを待てばいいのである。

十なん年来、月給取が言う文句はきまっている。政府は取りやすいところから取る。会社員にも必要経費を認めよ。給料はガラスばりでまる見えだから、一銭もごまかせない。商人や法人はごまかしている。

商人や法人が、ごまかしているのは事実である。マジメ人間はそれを咎めるが、永年咎めていると、自分は正義のかたまりみたいな気がしてくるから妙である。

私は彼らの発言には、底に猜疑《さいぎ》と嫉妬があるとみている。猜疑と嫉妬を正義と取りちがえるのは、金銭を離れたモラルの問題である。一国国民の精神の衛生の問題である。

それを改める便法がないではない。サラリーマンは、月給をまるごと貰えばいいのである。三万円なら三万円、四万円なら四万円、耳を揃えて渡せ、と主張すればいいのである。

そして各人が申告して納税すればいいのである。いったん全額を懐中して、改めて納めるのがいかにつらいか、彼らは思い知るだろう。

思い知って、初めて税金感覚が生じる。その行方を、本気で追及する気になる。自分が属する会社に申告して貰って、ついでに差引いて支払って貰っていては、それは生じない。血税と言っても空々しい。

自分で申告すれば、いかなる事態になるか？　ひとり潔白だと言っていた者どもが、かの商人の如く、法人の如く、いっせいにごまかそうとする。千円でも万円でもまぬかれようとする。そしてやがて、脱税は結局高いものにつくと知って、落ちつく所へ落ちつく。だから、天引きをやめさせるがいい。給料から差引くのは違憲だと、なん年か前社会党だか総評だかが騒いだことがある。ずーっと騒げばいいのに、ちかごろ騒がない。それにはそれだけのわけがある。労組が組合費を天引きすることも、ついでにやめなければならなくなるからである。

事ごとに経営者と対立する労組に、経営者が差引いて手渡してやるのは、敵に味方するようなもので、けげんのようだがそうでないのである。

断じて人はすべてケチなものである。いったん全額を懐にしたら、租税公課はおろか、たかが五百円や六百円の組合費だって、出し渋る者が続出するにきまっている。これまで無事に天から降って来た税金も、組合費も、半減するに違いない。

実社会はマジメ人間が思うような、単純なものではない。一例をあげただけでも右のように複雑を極めている。カタキ同士も利害が一致すれば、八百長を演じるのである。

これを改めたいなら、革命するに限る。革命なら私の久しく念願するところである。けれどもわが革命は、官と民と、労と資を、悪玉と善玉に見たてるそれとは相違する。私はこれらを全く同一の人格と見てアイソをつかしている。その上で試みる革命なら、成就《じょうじゅ》する気づかいはない。

私が理想的な納税者であるのも、冷淡な傍観者であるのもこのためである。ホワイトカラーの推薦にも、宰相の懇請にも、全く心身を動かさないのもこのためである。

テレビ料理を叱る

芋の煮ころがしは滅びて、もう随分になる。料理の本《もと》は芋の煮ころがしで、芋の煮ころがしは、日本の家の味である。これが我々の味覚の基本で、料理屋の料理のごときは末である。芋の煮ころがしがあって、初めて料理屋やレストランの味があるのである。

本が滅びれば、末も滅びる。今どき芋の煮ころがしと言えば、なあーんだと笑われる。笑ったからといって、それが自在に作れるわけではない。何も作れないくせに、バカにするとはけげんだが、する。

家の味を粗末にして、料理屋やレストランの味を珍重して、そのまねばかりすると、料理屋は次第に客をあなどるようになる。

客をあなどっては、料理屋の料理はダメになる。それなのに、フランスの、イタリーの、中国の、その他世界各国の料理の粋《すい》はわが国にあって、しかも一流だという。眉ツバである。

五百円でうまい店、千円でうまい店、万円でうまい店を食べ歩いて、紹介する書物と人がある。これまたうろんである。毎日あんなものを食べ歩いて、うまくてうまくてたまらぬとはヘンである。きっと店屋《てんや》ものの組合の、まわし者にちがいない。

料理屋も高級になればなるほど、個人の客は稀になる。一流のバーやキャバレーと同じく、そこにあるのは「社用」である。どうせ交際費でおとして、節税の一助にする宴会なら、高いほうがいいにきまっている。金がかかっていることが露骨な料理なら、客はその分だけ敬意を表されたとほくほくする。ほくほくして吹聴《ふいちよう》してくれれば目的は達する。そんな席に、味も料理もあるわけはない。

食道楽というものは、昔は自分の金でしたが、今は他人の金ですることになったのである。言葉は同じだが、中身はあべこべになったのである。

近ごろ何でも明治百年という。料理はいつから滅びたかと、つめよられても困る。これも明治百年のくちだろうと、言って大過ないから便利である。ことにこの五十年、さらには戦後の二十年で、あとかたもなく滅びたと私は見ている。

テレビ料理の講師、料理学校の先生たちいわく、このごろの生徒は全く白紙の状態で習いに来る。白紙の状態は結構に似て、そうでない。すでに家庭で、当然承知しているはずのことを、知らないで来る。あまりのことに仰天すると、それを教えるのが先生の仕事ではないかと、かえって生徒の方が仰天する。

魚や野菜の鮮度に対する感覚がない。もったいないという心持がない。それは果物や野菜の皮をむかせると分る。キャベツ一つ、大根一本、これが百円、これが百なん十円！と騒ぎたてるのはこの生徒たちの母である。この母にしてこの子があるのが不思議なくらい、娘たちはもったいないむき方をする。

冬は手がかじかむからと、何でも湯沸器の湯をつかう。生魚の切身や、小魚の腹のなかまで湯で洗う。それじゃあ魚がだいなしだと、あわててとめると、「どうせすぐ煮るんでしょ」と不思議がる。

これ以上師弟の応酬を紹介する必要はなかろう。「あきれた」と笑ってはいけない。笑うと自分は優越していい気持になって、話はそれなりけりになる。これは料理学校だけにある問答ではない。昨今いたるところにある問答である。

そもそも料理の学校は、いつごろできたものだろうか。武家の妻女や、商家の内儀が、割烹塾へ通ったとは、聞いたことがないから、これまた明治以来のことだろう。

料理は才能であり感覚だから、習って上達するものではない。習って覚えられるのは、形骸だけである。形骸だけを教えよう、習おうという思想は、明治以前のものではない。以後のものである。

料理学校の先生は、もっぱら料理について語る口舌《こうぜつ》の徒《と》である。料理の形骸を伝えることを商売とするものである。形を伝えるだけだから、味は分らなくても勤まる。

はじめて料理学校ができた当時は、まだ家に惣菜料理があったから、煮かた焼きかたの基本は、主婦も娘も心得ていた。学校はそれをあてにして出発した。家庭が知らぬ客用の膳部だの、当時の新知識、西洋料理くらいを教えていればすんだのである。

ところが、今は白紙の状態だという。基礎から教えなければならないのに、生徒はそれを知りたがらない。料理早わかりを知りたがる。労せずして上手になるコツを知りたがる。和・洋・中華――とにかく数をあげたがる。

教師はそれを嘆いてみせるが、実は嘆くふりをするだけで、基礎から教えるつもりはないのである。盛装した生徒たちが、青物や魚の市場見学を喜ばないのは、教師にとっては結構なことなのである。

テレビ料理の講師たちは、学校料理の先生だから、ここでは同じものとみる。テレビの画面には、すでに洗って切りそろえた材料が出る。火を通すばかりにしてあらわれる。それまでの経過はすべて省略される。それは学校も大同小異である。材料の品定めにかまけていては、テレビなら画面にならない。学校なら商売にならない。

もし料理があるとすれば、それまでの経過にあるだろうに、それを省略して出来上りの形ばかりを示すのである。

材料の鮮度に敏感でないのは、むしろ講師で、生徒はその反映である。つかぬことをいうようだが、私はそれを戦中戦後、疎開して田舎を転々として知った。

土地が変ると、水が変る。その水に微妙な味の変化があることを、私ははじめて知ったのである。東京に生れ、東京で育ったものにとって、それは驚くべき発見だった。水が変る、水に当るという言葉は、文字なら知ってはいたものの、意味はこのときさとったのである。「あっちの水はにがいぞ、こっちの水はあまいぞ」という唄の文句も無意味でないと知ったのである。

唐もろこしには唐もろこしの甘味があり、里芋には里芋の甘味があると、遅ればせながら知ったのである。

そして、古人の食生活――季節の蔬菜《そさい》とシュンの魚とから成る食膳は、今人《こんじん》のそれより豊富だった、今人がそれをあわれむのは、とんだ間違いだと知ったのである。

私の疎開生活は二年あまりで終り、以来二十年東京で過ごしているが、食べ物の戦後はまだ終っていないと見ている。

たとえば、戦前は「ス」のはいった大根を、八百屋が売ることはなかった。今ではスのはいらぬ大根を求めることは困難である。たまりかねて私は、わが細君をして八百屋に問わしめた。八百屋は商売だから、一瞥してスがはいっているかいないか分るはずである。分って売っているのか。

私どもにも分らぬと、何度聞いても同じ返事をする。そりゃそうだろう。分って売っているとは答えかねるだろう。だから、聞くだけヤボだが、それでは、どこで、いくらで、私はスのはいっていない大根を買うことができるのだろうか。

戦前のハスは、しゃきしゃきと歯ぎれがよかった。長く糸をひいた。あれはほとんど歯ぎれで食べた。一種の快感があった。ところが今のハスは、似て非なるものである。箸で片っぽをつまむと、片っぽがぐにゃりと折れるほど巨大である。歯をたてればずぶりとはいる。断じて糸を引かない。

そして薯。これは中年の婦人——ことに料理の先生たちにうかがいたい。紅赤《べにあか》、金時、花魁《おいらん》、太白——戦前のそれと、戦後のそれとは全く別物なのに、依然として好物なのはどういうわけか。知ってなお大好物なのか。

以上は野菜を目方で売った戦争中の名残りである。大根は化学肥料のやりすぎで、やれば早く大きく育つから、スがはいるのを承知で促成しているのではないか？　ハスは支那バスだと教えられたことがある。日本バスは大きくならないから、百姓は育って巨大になる支那バスばかり栽培しているのだと聞いた。

米は量産一本槍で、誰も質を問わない。毎年台風やら冷害があって被害甚大と新聞は大々的に報じながら、出来秋になるとけろりとして、きまって空前の大豊作と報ずる。被害甚大で、同時に空前の大豊作とは奇怪である。何か知らぬ怪しい農薬でもまいているのではないか。

以上はみなふだん食膳にのぼる当り前なものばかりである。その当り前なものを手にいれることができなくなっているのである。

魚も同じである。もとは魚にはシュンがあって、サンマは秋に限ったものだ。それが今はいつでも食べられる。だから古人の食膳は貧弱で、今人のそれは豊富だというものがあるが、果してそうか。

今のサンマは、サンマではない。冷凍の技術が発達して、一年でも二年でも保存できる。だから秋口に食べたとて、それは昨日とれたサンマではない。去年の今月今夜とれたサンマかもしれないと私は書いたことがある。

その証拠に、焼いても煙の出ることがすくない。脂がしたたることがすくない。さくばくとして味がない。われわれの食べている魚は、すべて形ばかりで、実は全く違うものなのである。

材料を吟味することは、なん百年来料理の第一歩だった。その材料が一変したことを先生は言わない。ひょっとしたら知らないのではないかと私は疑っている。だから生徒も知らない。ただ早く早くとせきたてて、和・洋・中華――料理の数ばかりおぼえたがる。

短時間に、むやみと数をむさぼって、何が残るか。ライスカレーと牛鍋《ぎゅうなべ》が残るだけだと私はみている。

まさか、と言う人もあろう。サラダも海老フライも、ハンバーグもキャベツ巻きもできると言いたいのだろうが、私はそれらのチャンピオンとして、ライスカレーと牛鍋をあげているにすぎぬ。わが国の料理は、芋の煮ころがしの時代を去って、ライスカレーと牛鍋の時代にはいったのである。はいってもう四、五十年になる。

私はときどき、忽然と百年前の新郎になって、百年前の新婦と同棲することを空想することがある。新婦は新郎に何を食べさせてくれるだろう。当時は家に家風というものがあって、それは少しずつ違っていた。新婦は彼女の家で習い覚えた料理を供する。それはわが家の味とは相違する。多少の不安をもって、彼女はそれをすすめる。

家々にそれぞれの調理があれば、それを味わうのは、交際の、また結婚の楽しみの一つではあるまいか。その楽しみ、または不安は、今日の若夫婦の間にみられない。二人の間にあるのは、ライスカレーか牛鍋にきまっている。百万女性の誰を選んでも、出るのはライスカレーと牛鍋なら、何度見合いして、誰を選んでも甲斐はない。

誇張して言えば、どの女もこれしか知らない。これさえ心得ていれば、結婚できると承知して、せっかく習ったことも忘れるのである。果して忘れてもこれで間にあって、女子の幸運は増大し、男子のそれは減退した。

けれども、なん百年の伝統が、あとかたもなく消えうせたとは信じられない。あの芋の煮ころがしは、どこへ去ったのだろう。

そのおもかげは、今わずかにおむすびに見られる。天災地変があると、以前はよく「炊き出し」をした。往来に握り飯を山とつんで、罹災者に自由に食べさせた。一家の主婦が動員され、手をまっかにして握っていた。

見ればおおむすびの形と大きさはさまざまである。落ち着きはらって、着々と結んで、何十個つみあげても、寸分たがわぬのを製造する細君がある。十個作って、十個とも大きさの相違する女房がある。正しい三角形に結んで、まんなかを少しくぼませないと承知せぬ主婦がある。同じく三角でも、やや丸みを帯びたもの、団々たる巨塊のごときもの——すでに全く滅びたと思われる家風の名残りが、これらおむすびに見られるのは一奇である。

握り方には、改良工夫がないせいか、代々の母親の影響が残っている。家風ばかりか、握り手の性格までうかがわれる。芋の煮ころがしの伝統を、私はおむすびに見た。それも随分前のことだ。

ところが今は、これが商品になっている。東京におむすびを売る店があらわれたのは、この十年来のことである。茶漬けを食べさせる店ならその前からあって、ともに繁盛している。

おむすびも茶漬けも、茶の間のもので、金を出して食べるものではない。こんなものが売物になるのは、大都会に「家なき子」が満ちあふれている証拠である。彼らはアパートまたは下宿の住人で、故郷の家を去って、ひとり働く、あるいは遊ぶ者どもである。だから故郷忘《ぼう》じがたく、こんなもので茶の間の味をしのんでいるのかと、私は同情にたえず、ものはためし一度食べてみた。

それは、貧弱な、やせた三角の握り飯であった。そのまんなかを、海苔を細く帯状に切って、くるりと巻いてある。なかに梅干を、シャケを、ウニをいれたのがある。めしはなまあたたかく、シャケは生まぐさく、とても食えたものではないが、それでもおむすびはおむすびである。味噌汁と香の物を添えれば、家の味が偲べるのか満員であった。

東京の風俗は全国に及ぶから、この種の店は大小の都市にあるはずである。そして十余年たったから、東京風の握り飯はかくのごとしと、誤解した青少年はさだめし多いことだろう。いずれ彼らが所帯を持てば、新婦はこのたぐいを新郎に供し、新郎はそれを当然として頬ばり、ために日本中の握り飯は、ことごとく貧弱かつ生まぐさいものと化して、ここにわが国おむすび史上空前の時代が現出するかと思われる。

家庭用のおむすびは、まだここまで堕落してはいないから、いまもし天災地変があって炊き出しがあれば、正しい三角や、団々たる巨塊の間に、やせ衰えたおむすびがはさまって、さながら大小のタキシー、ダンプ、トラック等が錯綜する東京の往来のごとき奇観を呈するだろう。

往来の混乱は、わが文明の混乱の反映である。それなら、おむすびもまた反映である。私はたとえに山海の珍味はあげなかった。大根、ハス、さつま薯のごとき、ありふれたものばかりあげた。我々の食膳は、これらの惣菜から成るからである。このありふれたものが、千金をつんでも手にはいらない。それで何の豊富ぞと、料理の先生はなぜテレビで絶叫しないのかと私は怪しむのである。

老若を問わず、鮮度に対する感覚を失ったのは、まず温室のせいである。罐詰のせいである。冷凍技術の発達のせいである。

罐詰と温室については前にも書いた。温室ものの茄子や胡瓜やトマトが珍しいのは、はじめの一回だけである。いまどき、冬でもトマトがある！　とレストランで毎回びっくりする客はない。あれはまっかなにせものである。だから、それなりの制裁を受けている。

場末の食堂でも、食べ残して去る客が多い。

　苺は巨大にすぎる。本来あれは小さかった。それをいやが上にも大きくした。ばかりか、品種改良と称して、筋肉のごとくでこぼこさせ、ぶつぶつさせた。見れば見るほどぶ気味である。毒々しく赤く、常にしたたるばかりで、その実何もしたたりはしない。さじでつぶすと、大げさにひっくり返って、まっ白な腹わたを出す。

　もぎたての苺を、一度でも食べた人なら知っている。あれは似ても似つかぬしろものである。グロテスクというべきものである。

　冷凍魚は鮮魚に対して、以前は恐縮していた。魚屋の店頭でも、その身分をかくしていた。ところが、今は威張っている。かえって鮮魚のほうが小さくなっている。誰もとがめないからである。とがめるには鮮魚の値段が高すぎるからである。

　いつぞやテレビで、私は驚くべき演説をきいた。画面に巨大な漁船を示し、これがまるごと冷凍船だというのである。たまたま大漁で、獲物を流れ作業で冷凍して格納するところを見せ、陸には冷凍倉庫が待っている、リレー式に、そっくりこのまま送りこむと自慢していた。人目をしのんですべきことを、吹聴するとは厚かましいと、私はほとんど驚倒した。

　これらすべては欲から出ている。茄子や胡瓜を冬売りだせば、随分高く売れる。客は驚嘆するし、料理屋は喜ぶだろう。

けれども、高く売れるのはつかの間である。たった一回、われわれは珍しがったにすぎぬ。それにしては大きすぎるバチがあたった。季節はずれの野菜を、果物を、魚介を得て、本物を失った。それをつまらぬ欲だといまだに知らないで、自慢している。バチが当った自覚さえない。

私は料理の先生に、本職の板前に、一人も憤死したものがないのを不思議に思っている。主婦連が総立ちにならないのを不思議に思っている。

東京の住人の十中八九までは、地方の出身者だときく。そんなら野山で育った人であろう。海岸で育った人であろう。蔬菜や魚の真贋については、私よりはるかにくわしいはずである。水に微妙な味があること、野菜にそれぞれ甘味があること、私なんぞが講釈するまでもない。百も承知の人にむかって、百も承知のことを言って、さぞ片腹痛かったろうと、痛かった人にあやまりたい。それにもかかわらず言ったのは、あるいはお忘れではないかと疑ったからである。

近ごろしきりに「不当表示」とやらが責められている。レモン飲料にレモンが皆無というたぐいである。あんなものを大騒ぎするくらいなら、この野菜は、この魚は、このブロイラーという鶏は、不当表示どころかにせものだと、騒いではどうか。

先生や板前は、それでメシを食っている商売人だから、本音《ほんね》ははかない。いつまでもはかないから、それはあるのだかないのだか、我人ともに分らない。けれども彼らがあてにならぬことだけは分ったから、主婦は叫んではどうか。

もとのさつま薯にして返せと、しばしば他では叫ぶ叫びを、ここで叫ばぬのは片手落ちではないかと、私には思われる。

食卓の豊富ということは、むやみに何でもあることではない。季節のものさえあれば、それでいいのである。秋でなければ食べられないから、秋を待つのである。そして、食べて秋の来たことを知るのである。

味わうということは、そういうことだ。春夏秋冬を問わず味わえば、人は春夏秋冬を失う。私はわざと、いわゆる後ろむきのことを言った。コールドチェーンが白昼テレビで、自画自讃する理由を知らないではない。けれどもこの世に、もし平和というものがあるならば、季節のものだけしかない食膳の上にあるのではないかと、このごろしきりに思うのである。

むかし東京の子供たちは、芋の煮ころがしお茶あがれ、とうたった。

II

わが社わがビルを放り出す

八月十五日は、負けいくさの記念日で、九月一日は、大地震《おおじしん》の記念日である。いま大地震があったら、どうだろう。わが社は、わがビルは、鉄筋コンクリートだから安全だとお考えならご注意申上げたい。

ビルなら燃えない、つぶれないときまったものではない。つかぬことを言うようだが、私の知人に、すこしは聞えた画家がいて、近ごろなかなか評判がいい。

その男に、あるとき松竹梅、四君子《しくんし》、牡丹《ぼたん》に唐獅子《からじし》、竹に虎のような、伝統的、かつ月並《つきなみ》な絵をたのんだことがある。

根が日本画家だから、今は洋画まがいの絵をかいてはいるものの、昔とった杵《きね》づかで、さらさらさっとかいてくれるものと思ったら、案に相違した。

竹に虎どころではない、猫である。ねむるが如く、さめるが如き猫が、笹やぶみたいな竹のなかに、うずくまっている。

そこは友だち甲斐《がい》に、互いに一笑して別れたが、この人、としは四十あまり、いま新鋭だの中堅だのと騒がれているのに、基本をほとんど学んでいない、手本を模写したことがないと知れた。

日本画らしい日本画にあきたりなくて、洋風に転じたのではなかったのか、なあーんだと興ざめしたが、彼は敗戦前後のどさくさに、ろくろく修業しないまま世に出て、今ではどこやらの私立の美術大学で教えているくらいだから、あとはお祭し願いたい。

この画家だけが基礎を学ばず、新鋭や中堅の建築家なら基礎が確かだとは信じがたい。その実例は、私が建築にいくらか縁があって、あげるに遠慮があるから、画家を例にあげてこれでお祭し願ったのである。

私はさっき、わが社わがビルと書いたが、実はわがビルをわが社だと思っている社員は、絶無に近いのではないか。

大正十二年にも、ビルはあった。ビルまがいの事務所はあった。それを社員が死守した話を聞いたことがある。火の元を断ち、よろい戸をしめ、シャッターをおろして、建物を救ったというたぐいの美談である。

けれども、昨今のビルが、たとえ耐震耐火に申しぶんがなく、次回の大地震に耐えたとしても、そこには必ず火がはいると、私は堅く信じている。

大正のころとちがって、そのビルの主人が個人であり、創業者である例がまれだからである。今はたいてい二代目、三代目、あとはやとわれ社長以下、サラリーマン重役で運営する会社ばかりである。これら法人の面々《めんめん》に、わが社を守ろうとする気概があるかしらん。

第一、社屋は自己資本で建てたものではない。銀行というあかの他人が建てたものだ。土地だけあれば、それを担保に金を借り、地上九階地下なん階だかのガラス張りのビルが建つ。その半分以上を人に貸し、保証金をとるやら、社用で遊興するやらの、主人が主人なら家来も家来だ。われがちに逃げるくらいがせきの山だろう。

その頭上にガラスはくだけ落ち、ぽっかりあいた窓の大穴を、火はかけぬける。落ちゆくさきは、都外にきまっている。皆さん自動車に荷物をつむ。自家用車、オート三輪、ライトバン、各種トラック——ありとあらゆる車に荷物をつむ時間は、早くて三十分、遅くて一時間とすれば、早くて三十分後に東京中の車が、いっせいにスタートする。

方角がきまっているから、往来は車で満員になる。ならなくても、橋でそうなる。ご存じの通り、橋は道路の数だけあるものではない。多くの道が一本の橋に集るから、にっちもさっちもいかなくなる。

大正の昔は、大八車に所帯道具をつんで逃げた。橋でとめられ、荷に火がつくこと、自動車につくのと同じである。今も昔もありはしない。

三十六計逃げるのなら、二本の足にしくはない。自動車なら一物も持たないで、まっさきに脱出するあわて者か、いっそ欲ばって、あれもこれもとつみあげて、さて出発しようとしたら、すでに身動きできなくなって、荷を捨て二本の足で逃げる者、すなわち、あわて者と欲ばりがひょっとしたら助かるかもしれない。

地震に停電と断水はつきものだ。高層ビルが停電したら、エレベーターをはじめ、あらゆる設備の機能は停止する。いちいちあげたらきりがないから、いつぞやアメリカで町中停電して、糞尿《ふんにょう》もできなくて、死ぬ苦しみをしたという話があるから、それを思いだしてここでは省略させてもらう。

今の東京の往来は、リヤカーと青バスが乗物の花形だったころの遺物である。震災で東京がまる焼けになったあと、その復興の衝《しょう》に当った後藤新平は、東京中に大道を縦横に走らせ、西洋なみにしようとしたが、東京市民に反対されて退陣して、まもなく死んだ。ジャーナリズムはこれを、後藤の大風呂敷《ぶろしき》とあざけったかと記憶する。

その大風呂敷を、俗吏《ぞくり》が小型にして残したのが、今の「昭和通り」だと聞いた。昭和初年の円タク洪水《こうずい》時代になって、はじめて後藤のえらさを痛感したと、以来後藤の評判はあがり放しだが、敗戦直後は震災から二十余年しかたっていない。

すなわち、後藤の下役が上役になったころで、その教訓はなまなましかったはずなのに、だれも参考にしなかった。したかも知れないが、具体化しなかった。しないで、いまだにえらかったと痛感し、かつ言いふらすとはどういう料簡だろう。

経験すれば人は利口になるというのは、迷信ではないのか。人は経験によって何かを増したろうか。その証拠はあるのだろうか。

震災は四十余年の昔だから、経験していないというなら、例を戦争にとってもいい、あれならつい昨日のことだ。

猫も杓子《しやくし》も、戦争はこりこりだと言っている。私にはそれが疑わしく思われる。人はこれまでもこりこりしたことはなかったし、これからもないように思われる。

有史以来、我々は戦争ばかりしてきた。その当時だって、人は皆こりこりしたと言ったに違いない。けれども繰返して現代にいたった。古人が今人《こんじん》にくらべて、愚かだったとは信じられない。第一次大戦のあと、ヨーロッパ人は、もうまっ平だと言った。十年後には、第二次大戦はまぬかれないと言った。戦争はいやだと真実感じているものは無いのではないか。ただ、そう感じていると、思いこんでいるものがいるだけなのではないか。

試《こころ》みに「利」をもって誘《さそ》ってみるがいい。「義」をもって誘ってみるがいい。大義名分というものは、いくらでも製造できるものである。たとえば、重税からまぬかれる、好景気が到来する、または帝国主義の手先である政府を、転覆しなければ真の平和は得られない、云々《うんぬん》。

今はたわごとめいて聞こえる説も、いつ我々に支持されるか分らない。支持するものも、まっ平だというものも、別人ではない。同時代の、同一の人物が、ほとんど同時に、反対したり、賛成したりするのである。

前車の覆轍《ふくてつ》が、後車のいましめにならないことを、かくもまざまざと見ながら、なおいましめになると言いはる。後藤新平はえらかったと、まだ言う。

我々が戦争や震災の渦中《かちゆう》にあったことは事実だが、渦中にさえあれば、それを経験したと思うのは誤解である。しかも、老人は少年を説教するに、常にこの経験を以《もつ》てする。

八月十五日、新聞は「終戦」という言葉を採用した。昔なら負けいくさ、あるいは降参といったものをごまかしたのである。経験して、やがて忘れたのではない。初めから経験しなかったのではないかと、私は敗戦直後書いたことがあるが、いまだにその疑いが晴れないのは残念である。

ニッポン写真狂時代

いつぞや北海道へ旅したら、景色を見ないで、写真ばかりとっている観光客が山ほどいた。

北海道でさえこれだもの、フランスはパリへでも行ったら、なおさらである。ついこの間もわが一友が行って、たちまち帰ってきたが、写真をしこたまうつしてきた。末代までの語り草だと、目を皿にしてパリ見物するならまだしも、見ないで写真ばかりとってきた。肉眼で見ても、北海道の景勝のすべて、花のパリのすべてを、いつまで覚えていられるものではない。だから、はじめから肉眼の方はあきらめて、レンズの方を信用して、パチパチうつしてアルバムにはりつけ、はり終ったら安心して、すっかり忘れるのである。

二人は新婚旅行に北海道に来たのだろう。私はそれらしい男女と、しばらく前後して歩いているのに気がついた。彼らが一世一代の旅行の途次にあることは、花のパリも同じだから、同じ料簡になるとみえ、やっぱり写真ばかりうつしていた。

もしも私が新婦なら――と、そのとき二人をやりすごして考えた。ろくに肉眼で見もしないで、レンズを通して見る新郎に、さだめし愛想をつかしただろう。こんな男と夫婦になるのじゃなかったと後悔しただろう。第一、あの恰好は何ですか。せっかく二つある目玉を、寄目じゃあるまいし一つにして、小腰《こごし》をかがめ、足をくの字にまげるとは醜態じゃないか。

旅は「記憶」のためにするものではない。彼らは忘れることを恐れすぎる。東京見物に来たお上《のぼ》りさんは、はとバスで歩いた順に東京名所を覚えるものではない。覚えかたもさまざま、忘れかたもさまざまだから、十年たったら思い出話はちぐはぐになるにきまっている。

それを恐れて、写真にとって、本当は忘れてあとかたもないものを、写真がここに残っているから、たしかに記憶していると思うのは、現代の迷信の一つである。

彼らは時々アルバムを出し、名所のなかの自分をながめる。近ごろは自分で自分がうつせるから、ノートルダムを背景にして、うつっているのは自分だし、うつしたのは自分だから、これはたしかに自分だと、安心するなら病気である。

この病気はアメリカから来た。所用あってアメリカ人をたずねたとき、彼らにアルバムを見せられるほど当惑することはない。私はあかの他人で、さきざき友人になる見込みあるものではない。用さえすめば去るもので、その妻子眷族《けんぞく》の写真を示されても、あいさつに困る。あいさつに困るものを示すのは、サービスでもなければエチケットでもなかろう。わが国で早くこの病気にかかったのは、意外や警察である。警察は証言より写真を信じる。言語は証拠になりにくいが、写真ならなるとびつくから、この流行の元祖は警察かと推理する。

おマワリさんはしばらくおき、どうしてこんな仕儀になったか。たぶん皆さん物覚えが悪いから、念のために写真に残し、次第に写真に支配されるにいたったのだろう。

物覚えがいいことと、頭がいいこととは相違するが、それはしばしば間違えられる。たいていの人は、記憶力も悪く頭も悪いから、記憶力さえよければと残念がる。

ごたぶんにもれず私も物覚えが悪い。読んだ本を忘れ、見た映画を忘れるが、まちがって再び買って読み進めば、なあーんだと思いだすこと、同じ映画を二度見たときと同様である。

一度歩いた道を、日を経て他人に教えることは、私には困難だが、歩いてそこにいたれば、こつねんと思いだすから、要するに覚えてはいるのだ。ただ、自在《じざい》にそれを再現できないだけのことだ。

これを自在に再現して誤らない人が、世間にはままあって、故人芥川龍之介はその一人だと伝えられる。その件《くだ》りは其の著述の何巻の何ページにあると断言すれば、たいていの素人は驚く。疑り深いのがあとでこっそり調べると、はたしてその通りだから、話に尾ひれがついて、博覧強記《はくらんきょうき》ぶりは伝説になる。

けれども、記憶することと創作することとは、ほとんど関係がない。あっても薄弱で、博覧強記の人、必ずしも創造力ある人ではない。

本というものは、晩めしの献立と同じで、読んで消化してしまえばいいものである。記憶するには及ばないものである。

誰が去年の今月今夜の献立を記憶しているだろう。馳走は食べて血となり肉となればたりる。本も同様、食べて忘れ去っていいものだと、勝手ながら私は思っている。

その能力がないくせに、何もかも記憶しようとするのは欲ばりである。忘れまいとするのはケチである。

一九三×年のパリ帰りで、当時のオデオン座の舞台を配役を演技を、こんにちまざまざと語ってきかせる文化人がある。超人的だと訪問客は感服するが、なに、多くは当時のプログラムやら評判記を秘蔵して、こっそり暗誦《あんしょう》しているにすぎぬ。欲ばりとケチが同居しているのだ。

肉眼と心眼《しんがん》があるかぎり、レンズの目は邪魔だと私は心得る。写真が真をうつすものでないことを、立証するのが困難なのは、真だという迷信が、ひろく堅く信じられているからで、私の微力のせいではない。

こんにち散在する何千何万の日本人の顔写真は、百年二百年後には一枚も残らない。残るのは何千年来の「実物の顔」である。すなわち、おかめ、ひょっとこ、はんにゃの面で、それが残念だと写真の裏に一々署名しても、どこのおかめだか分る一族は死に絶えているから無駄である。

カメラは大人のおもちゃであり、うつしうつされるのは児戯《じぎ》だと承知して、遊戯するなら私は何も言いはしない。はるばるパリくんだりまで出かけながら、心眼はとにかく両眼で見ないで帰るから、カメラの髄《ずい》からパリのぞく、と言うのである。

警察官は捕吏《ほり》である。旧幕《きゆうばく》のころなら不浄役人といわれたものだ。それが一時の便法に、写真を利用するならするがいい。

けれども皇太子は、いずれは天子になられる人だ。その殿下が妃殿下と海外に旅して、しきりに撮影すること、北海道の若夫婦のようなのは嬉しくない。未来の陛下が足をくの字にまげ、写真をとるなんてみっともない。

殿下は諸事《しよじ》心眼と肉眼で見られるがよい。そして忘れるものはすべて忘れ、残ったものだけ記憶なさるがよい。

帝王学というものがあるそうだが、それに、おん自《みずか》らカメラを弄《ろう》することなかれと、増補したいと私が願うのは、実は、そしたら次第にしもじもがそのまねをして、肉眼で見るにいたるだろうと思うからである。

新薬の副作用ナンバーワン

新薬は旧薬とちがって、目に見えて効《き》くから信用され、次第に濫用され、その副作用の方も目に見えるから気をつけろと言われているが、今さら旧薬には帰れない。

古人が天刑病《てんけいびょう》と呼んだライも、今ではなおるそうである。不治といわれた肺病も、ストマイ、パスのたぐいでなおる。

そのかわり、副作用がある。ストマイではつんぼに、妊婦がサリドマイドを愛用するとエンゼルベビーが生れると騒いだことがあったが、私が承知している副作用は、これしきのものではないと、ある日ある所で口をすべらしたら、そのゆえんを述べよと迫られた。以下、この席で弁じた話のあらましである。

——いつぞや、ボートの選手が溺《おぼ》れて死んだ。ボートの選手なら、泳ぎは上手だろうとは素人考えで、実は金ヅチで、舟が転覆したら、早速溺れてしまったという。

それと知りつつ選手にした監督も監督だと、世間はあきれたが、俺《おれ》の命は俺のものだ、ほっといてくれと、とめるのを振りきって、海にとびこむうわ手があらわれたから、もう一度世間はあきれた。

彼らは山登りすれば、道しるべをさかさまにする。ドライブすれば、カーブ・ミラーを一つずつたたきこわす。道しるべをさかさまにするのは、出来心だろうが、疾走中に、どうやってカーブ・ミラーをこわすことができるのだろう。

いったん停車して、のこのこ降りて、トンカチでこわすのならご苦労である。あらかじめ、東京から石ころを持参して、窓から投げつけるのなら、出来心ではない。出来心だろうとなかろうと、道標やカーブ・ミラーにいたずらすれば、それから生死にかかわる事故が生じると、並の人なら想像できる。

できないのは、想像力が絶無だからで、大人どもはこれを新教育のせいにするが、金ヅチを選手に命じたのはその大人で、諸君だとて、もし無人《ぶにん》のボート部の監督だったら、やっぱり同じことをするだろうから、新聞を見てあきれるのは、あきれたふりをしているだけだと、私は思うのである。

大人どもが疑わしいのは、旧秩序の権化《ごんげ》みたいな、日本銀行や三井銀行の盗難事件からも察しられる。

だれが盗んだか、私はよく知っている。それは近ごろの若い者であり、あきれ顔する大人たちであり、銀行会社の幹部である。彼ら老若の想像力の欠如《けつじょ》が、この結果をもたらした。それが新薬のおかげだというのが、わが説である。

新薬に対する旧薬は、古くは草根木皮《そうこんもくひ》だった。高貴薬なら朝鮮人参、惚《ほ》れ薬ならいもりの黒焼、労咳《ろうがい》なら一夫一婦を厳守したコオロギを、焼いて粉《こ》にしてのめというが如き漢方は、今の人には向かないようだ。

新薬が信じられ、旧薬がすたったのは、ジェンナー以来、「蘭学事始《らんがくことはじめ》」以来かと思われる。百年あまりたっている。

植疱瘡《うえぼうそう》すると、九分九厘まで天然痘にかからない。目に見えてあばたがへったのはめでたいが、そのかわり人口がふえて困った。昔なら八人生んで、育ったのは二人だけだという例はたくさんあった。

だから、世間はまるく納まったのである。江戸時代の人口が、ふえも減りもしなかったのは、「まびき」や「中条流」のせいもあったが、生残る知力体力あるものが残って、ないものが死んだからである。

「同胞《どうほう》すべて三千万！」と、明治初年には歌ったものだが、今では九千九百万、一億になったのは、新薬と洋医のおかげである。

老人は死なず、赤んぼだって生れたが最後、ガラスびんに入れられてでも育つ。それはヒューマニズムの名によって礼讃されているが、死ぬべき人は、死ぬのが本来だと、恐れながら私は申上げる。万一この席に、ガラスびんで育てているご両親があったら、これは次元の違うところからの発言だと、しばらくご勘弁願いたい。

新薬の出現によって、百年このかた人は死ななくなった。ほんとは死ぬべき人が、生きてこの世を歩いている。これが副作用の随一だと、私は思っているのである。

選挙前の代議士は、もと代議士と、前代議士の二種に分けられる。私は戯れに、人類を二種に分ける。「もと人類」と「類人類」の二種である。

もと人類とは、雨にも風にも伝染病にも、生残る人間のことで、類人類とは、雨にも風にも吹けばとぶよな亜《あ》人間——人に亜《つ》ぐ人間のことである。天然痘はおろか、はしかにも死ぬ子が新薬のおかげで助かるのは、本人および隣人にとって幸か不幸か、考え直していいのではないか。

前にも書いたが、たとえば、上り列車が通ったからと、踏切を突っきって、下り列車にひかれたとは、よく聞く事故だが、上りが通過したら、あるいは下りも来るかと、うかがうのがもと人類だろう。

狼はがつがつ食べながら、常に背後に用心している。うしろからあんぐり、今度は自分が食われるかもしれないからである。

新薬プラス社会保障やら何やらで、むやみに亜人間を保護するのは、考えものである。会社員であれ労働者であれ、同僚のだれが一人前で、だれが半人前か、あるいはそれ以下の邪魔者か、口には出さぬが知っているはずだ。

一人前の人間は、今は三人に一人、五人に一人あるかなしである。その一人が、あとの二人を、または四人を支え、脂汗たらして養って、さりとてそれだけの給金がもらえるわけではないのである。むろん、養われているものは、そんなこととは知らない。

知らないのは、知りたくないからで、悪貨は良貨を駆逐するそうだから、もと人類が結束して、類人類を追っぱらおうとしてもむだである。とうてい衆寡《しゅうか》敵しない。

組合や結社は衆だから、想像力の欠如や無能を理由に、やめさせることはできない。できれば、休まず遅れず働かずを信条とする勤め人のたぐいは解雇され、結社は瓦解《がかい》してしまうから、よしんば委員長が抜群の人物であったにしても、衆にくみして寡を追うことは明らかである。

かくて天下は、類人類のものである。世界中の工場は改造して、女子供にも操縦できるメカニズムしか置かないようになった。ま人間には、彼こそ亜人間だと分るが、亜人間には自分がそれだとは分らないから、これからも天下は亜人間の天下なのである。

話がこんがらがったが、亜人間こそ今後の人類で、ま人間の方が、もと人類に転落したのである。だから、副作用はあっても、せっせと新薬をのむがいいとお勧めするまでもない。時勢を察知して、皆さん現におのみである。

テレビは革命の敵である

私はテレビがきらいだから、テレビとそれを見る人を、冷淡にながめることができる。好きで熱中している人には、できないだろう。

ラジオは一千万台に達するのに、三十年もかかったという。テレビは十年たらずで千万台に、今では千×百万台を突破して、各戸に一台行きわたる日も近いと、NHKは言っている。

こんなに普及すると、持たない人は肩みがせまい。テレビにかぎらず洗濯機、冷蔵庫、いずれは自動車――何でも物は売れすぎると、それを持たないひとをはずかしめる。

メーカーや販売店がねらうのはここで、PRというより謀略だが、お客はちっとも抵抗しない。むしろ喜んでそれになびき、かえって抵抗する人を悪く言う。

メーカーの回し者でもないくせに、さりとはけげんだが、やっきになること左《さ》の通りで、そのいきさつは前にも書いたが、事は「言論の不自由」に関するから、改めて言わせてもらう。

わが家には久しくテレビがなかった。近所にもないうちは、むろん別条なかったが、次第に普及しだしたら、わが家と私は怪しまれるようになった。

なぜ買わないかを問われて、わが細君は試みに、亭主のつむじが曲っているからと答えたら、隣人《りんじん》は信じなかった。買わないのではあるまい、買えないのだろうと、目にあわれみの色をみせたという。

NHKのいわゆる千万台に達したころ、わが家の近所合壁《がっぺき》は憤慨しだした。いやならご亭主だけ見なければいい。妻子が見たくないはずはない。買えないほどの貧乏人ではないくせに、買わなければ妻子に見物を禁じることになる。亭主関白も度がすぎる。ホーケンだ、圧制だと、わが細君になりかわって、新聞に投書しかねない勢いである。

私は恐れて、一計をさずけ、細君をして言わしめた。「亭主は人並はずれたケチだから、金はあっても買わないのだ」

この返答に隣人は満足した。してみれば、彼らがそれでないまでも、彼らの周囲には、ケチならまだいて、それなら許せるのだろう。以来私は、きらいだと言わなくなった。ケチだと告白するようになった。

きらいなものならきらいだと、言うのに何の遠慮があろう、言論自由の世じゃないかと、はげましてくれる人があっても、うかと私はその手にのらない。

テレビばかりのことではない。スキーにゴルフに自家用車——善男善女が、好きだと思っているものを、ひとりきらいだと言いはる「自由」はない。第一それは失礼に当る。第二にそれは信じてもらえない。

私がテレビを認めないわけは、たくさんあるが書ききれない。おしるしまでに二、三をあげ、あとはご想像にまかせたい。各戸に一台普及したら、これも言えなくなるだろうと、今のうちに言うのである。

テレビは茶の間に、またリビング・キチンに据えられるのが一般である。家族はそれを見ながら飲食する。全員の目と心は画面にうばわれ、箸を自動的にあやつって、晩めしの惣菜が、実は何だか知らずに食べる。

昔は食べながら語ることを、行儀が悪いと非難した。今は談笑しながら、食べてこそ団《だん》欒《らん》である、西洋人を見なさいと叱られる。

あれで語りつつ食べているつもりだろうか。語っているのはテレビであり、一同拝見しているだけではないか。古人がもし隣室で聞いたら、何やら話し声がするから、談論風発しているのかと誤解して、ガラリとふすまをあけて見れば、食卓をかこんで語っているのは、ドラマのなかの一族で、実物のそれではない。実物は食らえども味わいを知らない。

珍しく晴れわたった、仲秋の名月の晩である。月はくまなく、虫の声は降るようだ。テレビは、その実況を放送した。日本中の名所にかかった月たちを、いくつもうつして見せてくれた。

その晩も、東京中のよい子とよい親たちは、茶の間やリビングに集って、常の如くに見物し、常の如くに食べていた。テレビは今日は良夜《りようや》だとくり返して言ったから、一家はそれと心得たが、誰ひとり窓をあけて、戸外を見るものはなかった。

その晩の満月は、百年前のそれのように、千年前のそれのように、あまねく地上を照らしたけれど、芒《すすき》と団子を供える家は、もう東京にはなかった。一戸に一台普及すれば、田舎にもなくなるだろう。

月はモダン・リビングも照らすけれど、学生が住む下宿屋も照らす。

革命は近ごろ旗色が悪く、わずかに学生層に支持されている。ソ連や中共の原水爆なら結構で、アメリカのなら結構でないとは、並の人には分らぬ道理で、幹部がこのたぐいをむし返し、もみにもんでいるうちに、下っぱの組合員はうんざりして、テレビの前にすわりこんでしまった。

二千万に近いテレビなら、労働者の茶の間にもある。妻女は朝から、ご亭主は帰宅してから見物する。

視聴率の高いのは、物語と野球だそうだ。女はホームドラマ、男はプロレスか野球を見れば、革命とは疎遠《そえん》になる。

共産党はもちろん、総評や日教組の一部が、もし革命を志していたのなら、そのあてははずれた。革命が成れば、プロレスやよろめきドラマはなくなるから、今の方がいいと口には出さないまでも、腹で彼らは思っている。

共産党が十年もこれに気がつかなかったとは迂闊《うかつ》である。年々メーデーがなごやかになるのは、このせいかもしれない。

学生の多くは下宿屋の住人で、下宿屋にはまだテレビが少ない。だから、革命的言論はここに残っているが、それもつかのまである。彼らは卒業すればホワイトカラーになる。なってまっさきに買うのはテレビである。そして、その前にすわりこめば革命なんぞ忘れるだろう。

革命の是非はしばらくおく。青少年のくせに、何らかの反逆と革新の気概がなく、テレビにうつつをぬかすなら、フヌケである。

むかし、芸術は自然を模倣したが、今は人がテレビを模倣する。近くわが国の家庭は、みんなテレビの中のそれと瓜《うり》二つになって、老若の会話は、そこで聞いたせりふばかりになるだろう。

そうなってもまだ、テレビや自家用車の存在を承認しなければ、私は「村八分」になるにちがいない。ひょっとしたら、めったに見られぬ珍獣として、「無形文化財」に指定されるかもしれない。

年賀状だけは着くだろう

毎とし十二月になると、年賀状が無事に着くかどうかが新聞で問題になる。去年もなったし今年もなる。

その心配はご無用である。年賀状はかならず着く。この春着いたら、来春《らいはる》も着く。着かなければならないわけがあると、私が保証するにはするだけの根拠がある。

郵便局に言わせると、郵便物は無事に届くはずがないものだそうである。そのわけは、耳にたこができるほど聞かされている。

まず東京の人口がふえた。従って郵便物がふえた。その上、戦前はなかったPR誌、ダイレクト・メールのたぐいが登場した。巨大な団地が、また高層のビルが建った。いっぽう人手はたりない。集配事務は機械化できない。給金は物価に追いつかない。アルバイトも雇えない。ようやく雇ったのに、馴れたころ突然やめる。

そのほか、表札が出てない、犬がかみつく、などまで枚挙《まいきょ》すれば、郵便のすべては安着しないのが当然ということになろう。

けれども、ふえたのは郵便人口ばかりではない。鉄道人口もふえている。私は全逓と国鉄をくらべて、国鉄はぶが悪いと思うことがある。

国鉄が負けずに、ダイヤを守れない理由をあげれば、全逓どころではないだろう。同一のレール上を、日に三百本の電車が、ひっきりなしに走ってるところが、東京にはある。その割りに事故は少ないと、私はみている。

国鉄はダイヤを守ろうとして、からくも守っている。事が人命に関するからである。なるほど郵便も人を殺す。入学試験の合格通知が遅れて、落第だと早合点して、自殺するたぐいがある。けれどもこのたぐいは孤立または散在して、報道されてもすぐ忘れられる。鉄道事故は大きいから、世間はわきたって、当局を非難する。総裁はあるいは辞意をもらし、あるいは遺族の前にひれふす。

私は郵便遅配の責任者が、詫《わ》びたとも辞職したとも聞いたことがない。それは死傷者が生じないからで、新聞に花々しく出ないからである。出るのは年賀状の記事くらいだから、これさえ無事に配達すれば、世論の非難は受けまいと、元旦に配達して、市民をあっといわせるのである。守ろうと決心すれば、郵便のダイヤは守れるものだとこれで知れる。その困難は、国鉄と同じ程度かと察しられる。ただし国鉄は一年中、全逓は年に一度守るのである。

郵政省はしばしば郵税を値上げする。ずいぶんな値上げだが、葉書と封書の値上率を低くして、他を上げるから、普通の人には分らない。分らないように工夫してあるのである。その値上げぶりは説明しにくい。たとえば、第五種（印刷物）をいわゆる開き封で送ると、定価三百円の本なのに、送料が百二十円、〆めて四百二十円になることがある。郵税は本の目方によって違うから、ここに算出しきれないし、算出してもピンとこないだろう。そこが郵便局のつけめである。ピンとくる封書についていうと、以前は転居先を届けておけば、何年たっても転送してくれたのに、今は一年限りで追跡しない。一年以上は、差出人にもどしてしまう。

値上げしなければ、当然なサービスができないからと政府に陳情したくせに、値上げした直後にこのサービスぶりである。例を書留にとれば、この方は引越し先まで転送される。しかし、もう一度書留料を、こんどは受取人が徴発される。

以前はとらなかったものを、どうしてとるのか聞くと、書きとめるから書留である、局から局へ転居先を追って、も一度書きとめたから、その料金は当然もらう、再三越したら、そのつど料金をとるという。もし転居先不明で、差出人に舞いもどったら、差出人は書きとめた回数だけ料金をとられるのである。

雑誌社Aは、毎号現金書留を百余通出す。原稿料を一せいに送るから、それ位になる。郵便局は面倒がって、郵政省発行の書留の受領証一冊をA社に与え、それに百余名の氏名と、郵便料金を記入させる。局員はポンと捺印するだけである。

書きとめたのはお客なのに、局が書留料をとるのである。私は雑誌社Aばかりか、郵便の大口利用者である大小の会社が、「書留料返せ運動」をおこさないのをけげんに思う。ついでに料金別納郵便。料金はまとめて別に納めたから、切手は貼《は》らぬという印《しるし》のスタンプは、当然局が押すべきだのに、客たるものに押させている。その上、千通二千通とまとまると、府県別にして持参せよ、という。

いうまでもなく、府県別に区分けするのは、サービスというより、彼らの本務である。彼ら如きと争ってもむだではあるし、それより一刻も早く発送したいと、利用者が手伝っているのを、いいことにしているのである。

しかも、彼らは図々しく客を疑う。小為替《こがわせ》の五枚も、まとめて住宅地の郵便局に払戻しに行ってごらん。うさんくさい顔をして、為替と人物を見くらべる。あげくに米穀通帳を見せろという。為替は持参人払いである。米の通帳が要るはずはない。第一、為替を抜きとるのは客であったためしがあるか。常に局員自身ではないか。

勤続十年十五年、まじめだといわれている局員が、何百通も抜きとって、「抜きとり防犯委員会」の委員だった例が、中央郵便局にある。

いったい郵政省は、郵便を何と心得ているのだろう。アルバイトの高校生が、配達の途中いやになって、郵便を路上や堀ばたに、投捨てて帰った話をよくきくが、これは局員全体が郵便を邪魔もの、厄介もの扱いにしている反映ではないか。

値上げして、しかもサービス全廃に等しい現状をもたらしたのは、郵政省の幹部だろう。彼らは札つきの遅配局の局員と、ほぼ同様の料簡の持主である。すなわち、年賀状さえ無事に着けば、世間はさわぐまいと、期せずして上下心を一にして、お正月だけどっさり配達するのである。来年も配達するにちがいない。さ来年もするだろう。

私はどこの郵便局にも、まじめな局員がいることを知っている。ドブ川に転落して、一枚の葉書を頭上にささげ、身をもって郵便を守る配達夫が、まだいることも知っている。けれども、彼らは弁舌が巧みでない。組合のリーダーではない。出世するものではない。終始黙々と働くもので、それらが郵政を支えていることは知っているが、その勢いは不振で、その人数は激減しつつある。そして、郵便を郵便と思わぬものどもが、幹部であり下っぱであり、全体を占めようとしているから、利用者の一人として述べたのである。デパートなら、ウソにもとんで詫びに来るところである。公僕だからそうしない。かえって立腹して、私を袋だたきにしようと勇みたつと知っているから述べたのである。

昔話や童話を改竄するな

近ごろの名作童話は改竄《かいざん》がはなはだしい、エロ雑誌以上の悪書だから追放したいと論じたコラムを読んだことがある。

たとえば、桃太郎は鬼ヶ島に、鬼退治には行くけれど、鬼は殺さない。カチカチ山の兎は、狸のドロ舟を沈めない。仲直りしてしまう。

夏じゅう遊びくらしていた蟬は、同じく夏じゅう働いて、冬に備えていた蟻の家へ、食べ物をもらいに行くが、蟻は拒絶しない。にこにこして分けてやる。

拒絶しなければ、話にならない。冬、飢えないですむのは、夏の勤勉のたまものである。勤勉は美徳である。そして、利己的で残忍なものであると、表裏を同時に語るから、子供心にも強烈な印象を受ける。ながく記憶して、長じて思い当ることがあるのである。

民主的だか平和的だか知らないが、昔話を勝手に作りかえる権利は誰にもないと、ざっとこんな趣旨である。

なん年か前、私もこれについて書いたことがある。私が読んだのは、学年雑誌「小学一年生」でおなじみのお伽噺《とぎばなし》「一寸法師《ぼうし》」だった。

京は三条の大臣どのに、一寸法師は召しかかえられるが、さてこの大臣どのが一年生には分るまいと、編集者は案じたのだろう。

両親以外の大人で、一年生が確かに知っているのは、先生だけである。そこで「一寸法師は先生にかわいがられました」と、書き改めて載せていた。

私はあっけにとられた。大臣と先生とではまるで違う。いくら一年生だって、大臣ぐらいは知っていよう。けれどもそれは、総理大臣のたぐいで、京は三条の大臣どのとは時代も職掌《しょくしょう》も相違する。説明も困難である。だから、いっそ先生にしてしまったのだろうと、理解するまでひまがかかった。

学年雑誌は、該当する学年の、教科書中にない字句は、かたく使わぬ方針らしい。使わなければ、いつまでたっても覚えやしない。一年生に停滞して、二年生には永遠に進まぬだろうと、私は笑ったが、編集者も母親たちも笑わなかった。

由来、母親は残忍、酷薄、復讐《ふくしゅう》、吝嗇《りんしょく》などのお話がきらいである。民主主義と平和が好きだから、兎と狸が仲よしになっても、あっけにとられない。蟻が蟬を拒絶しなくても驚かない。むしろ喜ぶ。すなわち、改竄は彼女たちに支持されている。

婦人は婦人の内心に、吝嗇、冷酷、好色などがあることはご承知のはずである。他人にあれば、自分にもあるにきまっている。テレビの拳闘や好色ドラマの視聴者は婦人に多いと聞く。

自分のことは棚にあげ、子供にだけ、おちょぼ口して、きれいごとのお話をしたがるのはどういう料簡だろう。非行少年にならないおまじないか。子供は熱心に耳を傾けているが、二年もたったら、あとかたもなく忘れる。

それは、わが身をかえりみれば分る。程度の差こそあれ、我々もまたニセの昔話、ニセの名作童話で育った。ダイジェストされた、いわゆる少年のための水滸伝《すいこでん》、グリム、太閤記などを読んで育った。だから、古人が水滸伝中の人物を、生けるが如く記憶したようには記憶しない。

昔はじかに古典を暗誦させた。たとえ字句は難解でも、物語の筋道、気魄《きはく》に圧倒され、我を忘れて読みふけるうち、おのずと内容は分った。作の神髄を会得《えとく》する感覚を養うには、幼少から一流品に接しさせるがよいという教育である。

四書五経から、稗史《はいし》小説までふくめても、必読の書は何十冊もなかった。武士も町人も、反復して読んだから、それが教養のベースになった。古典中の物語と人物を引用すれば、話は早く片づいた。これが文明というものである。

東洋と西洋の、古典と名作にめぐまれすぎるのは、現代の不幸の一つである。それは活版印刷の普及によって可能になった。むやみに本が出だしたのは、この五、六十年のことである。それまで昔話はすべて口から口へ伝えられた。

一家のなかに、必ず物おぼえがいい年寄がいて、巧みにそれを話してくれた。孫は耳から聞いておぼえた。その昔話は、老人が孫だったころ、当時の老人から、その老人は、そのまた当時の老人から、大げさに言えば、稗田阿礼《ひえだのあれ》の昔にさかのぼって、肉声で伝えられた。

だからそれには、血がかよっていた。抑揚《よくよう》があり頓挫《とんざ》があった。それは先祖代々の物語を伝えるとともに、「言語」も伝えたのである。

この肉声による昔話を滅ぼしたのは、印刷された絵本であり、童話である。それらはあるいは、「軍国主義的」に、あるいは「民主主義的」に、これまでも改竄されたように、これからもされるであろう。

いま六十歳の婦人で、孫に巧みに昔話を話してやれるものは稀である。まして三十歳の母親は、活字を棒読みするくらいがせきの山である。むろん、それには血がかよっていない。抑揚も頓挫もない。

テキストがニセもので、語り口が拙劣なら、聞いても肝《きも》に銘じない。一回でたくさんである。上手なら子供は同じ話を、せがんで何べんでも聞く。

お話の本が何冊も要《い》るのは、学校出の母親が、ひたすら読んで聞かせるからである。カチカチ山を読み進んで、そのニセものぶりに、腹をたてる親がないのは、幼少のとき耳で聞いた経験あるものが、すでに死にたえた証拠だろう。

私はかすかにおぼえている。

「ばばあ食ったじじいやい。流しの下の骨を見ろ」

狸汁にされかけた狸が、甘言で婆《ばあ》さんをあざむき、婆さんを殺してそれを爺《じい》さんに食べさせて去るときのせりふである。

私は昔話は改竄しない方がいいと思っている。名作は原形のまま読ませるがいいと思っている。ばかりか、書物はなるべく少ない方が文化国家で、本当は四書五経でたくさんだと思っている。

四書五経が古くて気にいらなければ、新時代の四書五経と言い直してもいい。あとはいらない。

子供は耳からはいった言葉で育ち、ある日背のびして、じかに古典に接するがいい。すなわち、明治以来の教育に懐疑的なのである。

だから、悪書追放には積極的ではない。エロ雑誌にもニセの名作にも、それぞれ支持者があるのだから、追放できなかろうと見ている。

第一、古典とそれに準ずる何十冊かを残して、あとは不要だと思っているくらいである。征伐すべきものが多すぎれば、こっちが征伐されるにきまっている。

だから、私は主張しない。けれども、五十年もたってみてごらん。いきりたって言わなくても、現在流布《るふ》している本たちは、一冊も、どこにも、なくなっているだろう。

読めない書けない話せない

「なるきち・おもあせ」って何だと、新米《しんまい》に問われた同じく新米の社員がある。共に大学出たてのホワイトカラーで、問われたほうは思案して、やがてにこにこして答えたという。成吉思汗（じんぎすかん）。

——実話である。

成吉思汗をなるきち……と読む青少年が多いとは知らなかった。私なら即答できなかっただろう。それができたのは、彼らの周囲に「なるきち」と読む連中がいる証拠で、それを思いだしてのご名答と察しられる。

まさか、とお思いなら、音読させてみるとわかる。わが友人のひとり、中小企業の経営者は、新米社員に以前は手紙を書かせていた。今は書かせない。読めないものに、書かせるのは如何《いかが》かと、読ませてからのことにしたのだそうだ。

古葉書五、六枚を、はじめゆっくり黙読させ、次いで声をたてて読ませる。葉書はその社に来たもので、達筆あり悪筆あり金釘流《かなくぎりゆう》がある。

苦吟《くぎん》したあげく、ケイチンと読むものがある。ケイチンとは妙である。どれどれ見せてごらん。なるほど……啓陳か。この啓の上にある字は読めないか？　なに、達筆すぎて読めない？

手紙の冒頭《ぼうとう》にあって、下に啓のつく語は、たくさんはない。謹啓、粛啓《しゆくけい》、拝啓。

このうち粛啓は、用いられること今は稀である。してみれば——左様、拝啓です。拝の字をくずしたのです。

陳のつく字なら、たくさんある。陳列、陳述、陳謝、陳腐。いずれも陳《の》べ、並べることだ。陳べて日を経て腐ったから陳腐である。拝啓陳《のぶ》ればと書いてあるのですと、説いてここまでいたるのに手間がかかる。

かりにも大学卒業生だから、陳列、陳述、陳腐のたぐいは、活字で書いてあれば読めるという。けれども、陳が陳《の》べることだとは初耳だと驚くから、彼も驚いた。

それが陳べることだと知らないで、陳列、陳述以下を、個々バラバラに覚えるのも、また教えるのも、共に驚くべき不経済である。よしんばバラバラに教えられても、ある日なあーんだとさとるのが当然である。

非難、非道、是非の非には、当用漢字にはヒという音《おん》しかない。あらずという訓《くん》を廃したから、新米諸君は非《ひ》ずと読む。陳に音だけ残して、訓を廃したのと同断で、そのためバラバラに覚えるようになったのだろう。

それにしても、察しがわるい。啓の上につく字なら、拝か謹にきまっている。達筆すぎて読めないと言うが、たとえばデパートなら、客は十代の少年から、七十代の老人まである。したがって、客からの文書は、達筆も悪筆もある。これしきの文句が、判読できなければ勤まらない。

昔は中学を出ても、手紙一本書けないと言ったものだ。今は大学を出ても読めない、書けない、話せない。学校で作文を教えなくなったせいだろう。小学中学高校に、独立した綴方《つづりかた》の時間がない。申訳に、国語の時間に同居している。

教師は熱心に教えない。実は、どう教えていいか知らないのである。年に一度か二度、遠足の感想でも書かせて、お茶をにごしている。十余年綴方を教えないで、突如として卒業論文を書かせる。首尾ととのった手紙一本書けないで、百枚の論文が書けようか。

あれは書くのも読むのも無益だと、やめた大学もあるけれど、やめない大学もまだある。字句と文脈の大混乱を見たければ、大学生の卒論を見るがいい。あれは間違いの宝庫である。飽くまでを「悪魔で」、調べるを「知らべる」、改造を「解造」、阻止を「粗止」と書くたぐいが山ほどある。

これらは、うっかり間違えたというようなシロモノではない。音だけ残して訓を禁じた結果がここにも見られる。表意文字としての漢字の本質を、全く知らない間違いである。

ここではそれを枚挙《まいきょ》しない。すれば字句は末梢《まっしょう》にすぎぬとの反駁《はんばく》が予想されるから、読めないことが書けないことに通じ、結局話せないことに達する経路を大急ぎで述べる。

わが国の大学は、入るに難《かた》く、出るに楽なところである。高校三年間、死にもの狂いで覚えたことを、四年かかって忘れるところである。

大学卒の大半を、私は高卒並みだとみている。高卒並みでない本ものの大学卒は、ここではしばらく例外とする。本ものは立腹しないで頂きたい。

彼らはずいぶんノートをとった。けれどもあれは写したので、観察し判断し構成して書いたのではない。だから書けないのは当然としても、口頭でなら話せるか。

見たこと聞いたことを、かいつまんで話せるなら、上役は行かないで、報告をきくだけですむ。私は五ページの小説を、ためしに読ませてその趣向《しゅこう》を語らせたことがある。展覧会を見物させ、帰って報告させたことがある。

すでに構成され、抽象された小説を、再現できないものが、実在の展覧会の模様を抽象して語ることは困難である。

聞きしにまさる盛会で、人がいっぱいいましたと、それだけ言って絶句した新参《しんざん》がある。

盛会だから見に行かせたのだ。さぞかし人はいたろうが、そんなことなら聞くまでもないと、私は思わず笑ったが、以来気をつけてみると、彼らはほとんど話をしてない。していているようには見えるけれど、昨夜のテレビは面白かった、見たかい？　と相手の顔色をうかがっているだけである。

チャンネルは無数にあって、したがって、ドラマも無数にあるから、相手はそんなものを見てはいない。

見ない相手に、かいつまんで話して聞かせ、共に興ずるにも訓練を要する。そしてその訓練は受けていないから、男女を問わず彼らはきょろきょろあたりを見回すのみである。見渡せば、ぱちぱちと目顔でサインするものがある。見たよと言っているのである。

得たりと、今までの話相手を捨て、見たよに近づき、あれは面白かったね、うん、と話すのは、当人は会話のつもりだが、省略と飛躍がありすぎて、第三者にはチンプンカンプンである。あれは単なる笑いであり、叫びであり、符牒《ふちょう》にすぎない。話ではない。

たかがテレビとあなどってはいけない。これができなければ、他人の話も再現できない。読んだ本のダイジェストもできない。誰かその本を読んではいないかと、きょろきょろさがして、目顔でそれと知るとかけつける。

そして、本と雑誌は乱造されること、テレビの番組以上だから、いくらきょろきょろしても、目顔でサインしてくれるものはない。だから、近く実《み》のある話は全滅して、符牒と奇声の交換のみが、コミュニケーションのすべてになりはしないかと、ひそかに私は案じている。

繁栄天国というけれど

「戦友」という軍歌がある。真下飛泉作。〽ここはお国を何百里――ではじまる。長い歌で、友の最期をこまごまと伝え、行灯《あんどん》のかげで親たちが、読まるる心を思いやり落涙する、というところで終っている。

赤い夕日の満州とあるから、日露戦争当時の歌だろう。してみれば、そのころ田舎では、まだ行灯が用いられていたものと察しられる。

つい六十年前のことである。当時の夜は暗かった。冬は寒かった。夏は暑かった。今は相違する。電灯のつかない都会はない。冷暖房は、ビルや飲食店に普及した。近く住宅にも及ぶだろう。

夜の闇を明るくするのが、何百年来の理想だった。今は忘れられたが、不夜城《ふやじょう》という言葉がある。私は銀座街頭に立って、照明あふれるガラス張りのデパートやビルを見て、突然、古人の心を心とすることがある。そして、これが昼をあざむく不夜城かと、失笑するのである。

冬暖かく、夏涼しかったら、さぞよかろうという夢は達せられた。「二十四孝」の母親は、寒中竹の子や鯉を食べたいと、息子を困らせたが、今は竹の子や鯉はおろか、トマトもさんまも年中ある。

古人が夢想した天国は、すでに地上に実現している。

冗談言っちゃいけないと、言う人もあるだろうが、寒中そら豆やトマトを食べるのは、昔は王侯も企て及ばなかった贅沢なのである。それが、いまは場末のトンカツ屋にもある。

ローマの貴族は、寝そべって飲食しながら、力士と獅子の格闘や、芝居見物をしたそうだ。読者も茶の間で寝そべって、あるいはお茶づけさらさら、上目づかいで名所見物、プロレスやスリラーをご覧だろう。

野合《やごう》があって妊娠がなければ、安心して楽しめると、昔の男女は思ったことだろう。器具と新薬で、それは可能になった。残るは不老不死ぐらいなものだが、寿命は年々のびている。

ほかに洗濯機、掃除機、自動車、航空機のたぐいがあって、古人が夢みた、あるいは夢にもみなかった極楽は、地上のものになったのである。

それなのに、この不満はなんだろう。ふたこと目には、金がないから、ひまがないからと不平をならすが、それはすでにアメリカ人は手に入れたという。追っつけ我らも手に入れるだろう。

週休二日にさきがけて、祝祭日をむやみにふやそうとしたのは保守党だった。保守党は進歩党の政策を横どりする。しなければ、ストを繰返して催促《さいそく》すればいい。

十年前、二万円の月給取りは、せめて三万円と思ったことだろう。三万円になったら、洗濯機を買おう、首尾よく三万円になったらせめて五万円、冷蔵庫を掃除機をと思ったことだろう。

次いで十万円になったら自動車を、二十万円になったらルームクーラーを、あと何があるか知らないが、どうせ何かあるだろう。みんなの真似をしてゴルフにも行かなければならないし、そのころは以前の新式が、みんな旧式になって、買いかえなければならなくなっているはずである。

買うべきものが、追いかけて、追いぬいて、際限がない。ひと通り揃《かつ》えて安心するわけにいかないのが、この極楽の特色である。人はとこしなえに飢え、餓え、ついに満足することがない。心はいつも貧乏だ。

これがこの世の天国か、生きながらの地獄じゃないかと、私が言っても信じないだろう。照明あふれる冷暖房つきのビルにいれば、夏か冬か昼か夜か、さだかでない。そして、自動車で帰れば、その車内にも冷暖房がある。

一木一草ない巨大な○○コーポラス、または××マンションに帰宅すれば、そこにも冷暖房が待っている。ついに外気にふれることがない。

寒中のトマトや胡瓜が、王侯にショックを与えたのは、初めの一回だけで、二度と驚かすことはできないとはすでに言った。あれはトマトの死骸である。だから、場末のトンカツ屋でも、残す人が多いのである。

何よりいけないのは、温室もの、冷凍ものに慣れると、本物の味を忘れることである。忘れて三十年になるから、今では冷凍の魚と、しゅんの魚を区別できるものがなくなった。業者はそれをいいことにして、魚はすべて冷凍にしてしまった。海に近く育って上京した者は、はじめ似ても似つかぬ味に驚くが、たちまち慣れ、または絶望してあきらめる。

鯛や平目のことを言っているのではない。惣菜のことを言っているのである。冷凍でない鮮魚、それもありふれた魚を、毎日食べることは、今は驚くべき贅沢と化した。だから私は、夏には時々枝豆を食べて、古人の食膳をしのぶのである。井戸水をくんで、水の味を思うのである。まだ罐詰にならないのは、枝豆と井戸水くらいか。

何をかくそう、私はテレビを自動車を電気を、その他もろもろのメカニズムを認めないものである。いかにもそれらは便利である。

けれども、世には便利に代えられないものがあるのである。十年以前、我々の家庭にテレビはなかった。なかった当時、我らは今より不幸だったか。生活は貧弱だったか。痛くもかゆくもなかったじゃないか。テレビがそうなら、ラジオもそうだ。順ぐりにさかのぼれば、ガス水道電気にいたる。電気は行灯の十倍明るく便利だとすれば、日清日露の昔より今は十倍幸福か。

テレビが福祉と全く無縁だとは承知しても、電気までとはあんまりだと、尻ごみする人は多いだろう。

けれども電気を許すなら、自動車も飛行機も許さなければならない。これらを創作した工夫の「極」である原水爆も許さなければならない。

末端のテレビや自動車を享楽して、極だけ否定するのは辻褄《つじつま》があわない。あわない辻褄をあわせようと、世界はいま大騒ぎしている。

現代は、もすこし宗教が振《ふる》っていい時代ではないか？　ところが、ちっとも振わない。天国を地上へ引きおろせば、この程度になると、神々の弟子たち坊主たちは、本気で思って満足しているのだろうか。

我々の肉体は、木々と同じく、禽獣《きんじゅう》と同じく、自然のものである。春には春情を催し、冬には枯れる。刻々に成長し、停滞し、衰弱すること、二十五、六になれば、早くもシワがよる婦人が最もよく知る。

昼をあざむく不夜城とは、古人のつたない文学的表現だった。それをまにうけて、現実化したのが運のつきである。何用あって、昼をあざむくか。

夜はねむるものである。冬は寒く、夏は暑いものである。人はそれを忘れすぎた。

やはり職業には貴賤がある

以前「血を売る人」の写真や記事を見たことがある。一合あまりの血を、五百円足らずで売る。一度売るとやみつきになって、月に二十ぺんも売るものがあるという。そんなに売ってはふらふらして、ほかの商売はできなくなる。これが職業同然になって、ついには行倒れになるものもあるそうだ。

その血を買うのは民営の血液銀行で、これはなん軒もあって、少なきは年間三千万円、多きは二億（！）の利益をあげていたと、これまた新聞で見た。

陰惨な話だからこれ以上せんさくしない。ここで私が言いたいのは、血を売るのは職業ではないということ、ついでに体を売るのも職業ではないということである。前者に異存はなかろうが、後者はこのごろあいまいだから、これが正業でない所以《ゆえん》を述べる。

売春防止法が、通るか通らないころのことと記憶する。社会党の某代議士が、「吉原」に乗りこんで、売笑婦の組合をつくって、気勢をあげようとしたことがある。

何を要求したか忘れたが、どうせ組合のことだから、労働はなん時間、休日はなん日、賃金は折半《せっぱん》等々だったにちがいない。

代議士某は、売笑を労働と勘ちがいした。へーえ、あれが労働かい、労働なら神聖だねと、私は片はら痛く思った。オイランの労働組合とは、前代未聞《みもん》だから、事が成るか成らぬか期待していたが、それなりけりになってしまった。

売笑は労働ではない、職業ではないと、どなたも先刻ご承知だが、なぜかとつめよられると迷惑する。売笑婦ならつめよりはしないし、しても一笑すればよいが、新しがりのインテリ女が、自分の体は自分のものだ、誰に迷惑かけやしない、ばかりか大喜びさせてどこが悪いと言われると、大人どもはへどもどする。

どこも悪くはなさそうだ。折りから性は解放された。見れば若く美しい。どうです今晩ご一緒にと、男ならにやにやする。

その女を買おうと買うまいと、女の言い分はまちがっている。万一、諸君の生徒たち、また娘たちが、グレてこのたぐいの言辞を弄《ろう》したら、こう答えてはどうだろう。

肉体そのものは、売買できない。その肉体に汗して、人工を加えて、何か作りだした加工品なら、売買は許される。天賦の裸体は、加工品ではない。互いに抱擁して疲労しても、事が終れば旧にもどる。使ってへるものじゃないというが、そのへるものじゃないところがいけないのだ。したがって、爪も髪も売ってはならない。これらは、切ればあとから生えてくる。その性質はセックスに似ている。だから、血は売るものではない。タダでやるべきもので、いやならやらなければいいこと性と同断である。

職業には貴賤があると、かねて私は思っている。右は職業といえないものが、職業みたいに通用する例で、極端だというのなら、血液一合が一万円で売れると仮定してみるがいい。そしたら売手は続出して、自分のものを自分で売って、何が悪いと居直って、再び大人どもはへどもどする仕儀になろう。

してみれば我々は、あれが五百円だから理解できないので、一万円なら理解するのではないか。そこにあるのは、金額の多寡《たか》である。拝金思想である。

売春婦を例にあげて、思いだすのは芸者のことである。女給のことである。昨今のバーやキャバレーは、明治時代の花柳界に当ろう。当時の小説は、花柳界を舞台にした。今はバーやキャバレーを舞台にする。作者がそこしか知らないで、あんまりそれに親しんで、臭《くさ》いものの臭みが分らなくなって、むかし花柳界を礼讃《らいさん》したように、これを美化するにいたったのである。この傾向は、映画やテレビに及んでいる。

私はかつて映画で見た。画面に四、五人の中学生があらわれ、何やらおしゃべりしたあげく、その一人の叔母が、バーのマダムだと判明すると、

「ワーすてき。君のおばさんマダムさんか」

と、いっせいにもてはやす場面を見た。

少年たちは、バーのマダムは、いい商売だと思っている。監督は彼らに、マダムさんかと言わせて、その敬意を表現していた。

べつの機会にある雑誌で、ある文化人が、芸者衆と書いているのを見た。待合の女中だって、芸者は芸者と呼びすてにする。それが本来である。今はそのつもりが又その金がなくても、ひょっとしたら、将来客になる可能性ある男子が、芸者さんだの芸者衆だのと呼ぶのは不見識である。人権云々の問題と、これは関係がない。

マダムも芸者も、なんの製造業者ではない。男どもの機嫌気褄《きづま》をとって、衣食するものにすぎない。それを何やらはばかるのは、女たちのあるものが、男も及ばぬ大金をかせいで、なかには高級アパートから、自家用車で通っているものさえあると聞くからであろう。男たちの多くは、たとえ彼女たちを相手に遊興しても、それが社用の金で、自分の金ではないために、そのうしろめたいこと、女たちの職業とほぼ同一だとばくぜんと知って、しぜん言葉づかいまで改まったものかと私は察する。

楽して大金とるのが、よい職業になったのである。大枚のギャラをとる芸人と、一面識があることを、誇るものさえ中にはある。

女給や芸人が、いくら大金を得ても、それは堅気《かたぎ》が得た金とは違うのである。彼女がかせいだ十万円と、我らがかせいだ十万円とは違うのである。本来嫉妬したり、羨望したりすべき性質のものではない。

古人はそれを区別した。どんなに人気があろうとも、芸人は芸人とみた。桟敷《さじき》や枡《ます》で弁当をつかいながら、箸《はし》のさきで客は芸人を品定めした。

再び職業には貴賤があると、私は思っている。皆さんも思っている。それなのに、無いとおっしゃる。

互にあると知りながら、無いと言いはるには、どうしても意気ごまなければならない。いきりたって言うのはそのせいである。

早い話が、昨今は誰しも子供を一流校へいれたがる。やがて、一流会社へいれるためである。してみれば貴賤はあると、白状しているも同然ではないか。

それでいて、貴賤はない、あってはならぬと、図々しいのは人前で説教する。それを聞いて深くうなずくものがある。

腹と口が違うのは我々の常だが、説教までするとは不思議なようでそうでない。我らは決して実行しない、またするつもりのない修身を、聞いたり話したりするのが、きらいだきらいだと言いながら、実は大好きなのである。修身ほろびずと、だから私は思っている。

首相の月給は安すぎる

「あなたは納税者」というキャンペーンを、面白く読んだことがある。朝日新聞夕刊、毎週水曜日に出て、何個月も続いたから、ご記憶のかたもあるだろう。

その第一回は芸能人の巻で、そこでは役者や文士が怒っていた。松本清張さんはある年、必要経費を除いてざっと六千五百万円働いて、そのうち四千万円余り税金にとられたという。さしひき二千五百万円。六割二分が税金で、実収入は三割八分にすぎない。一年三百六十五日、毎日十八万円かせいで、十一万円まきあげられていた勘定である。

これじゃあまるであべこべだ。実収入とはカスのことか。せめて三割八分の方が税金であるべきだと、他人の私でさえ思う。

まきあげられるというのは、実感である。文士や芸人はタレントである。国や税務署は何ひとつ手助けしない。また出来るわけもない。ひとり脳ミソをしぼって、不眠不休でかせいだ金の、六割二分を奪うのは、高利貸もよくしないところだ。ていのいいドロボーだと、松本さんが言うのではない、私が言うのである。けれども、世間はそうとばかりは思わない。げんにこの直後「かたえくぼ」という投書は次のように揶揄《やゆ》していた。

『芸能人の税金』

オレも一度あんな不満を

言ってみたいよ

——私も納税者

これよりさき松本さんは、「政治と税金」について論じた。自民党の閣僚の年収は、四百万から六百万円が相場だそうだ。月に換算すると、三十五万から五十万円にすぎない。ウソ八百である。べつに財界からなん百なん千万かの献金がある。これは全く無税である。それなのに我々は——というのが、うろ覚えで恐縮だが、松本さんの論旨だった。

この説、正論なのに読者を動かさない。読者は執筆者の氏名を見て、筆一本でなん千万もかせぐ人だと知って、かたえくぼ氏みたいに思うのである。思うのは人情である。

これは松本さんではないけれど、文士がバーに行くのは、必ずしも遊ぶばかりではない。取材もするから、必要経費として認めよ、と言い続けている人がある。

私は想像力が豊かで、松本さんの立腹も、バーで取材する場合があることも、察することができるけれど、できない人が多いことも、また察することができるのである。

なん百なん千万という年収は、一般読者にとっては、いわゆる天文学的数字なのである。それを何ぞや、女に戯《たわむ》れて取材だとは——と、人は嫉妬深いものである。法人なら交際費で落せるし、げんに落しているから、文士にもせめてもすこし交際費を認めよと言うのに、自分が属する法人のことは棚にあげるのは、想像力の欠如である。嫉妬は我を忘れさせるものである。

だから税金について、流行作家や芸能人が書くことは徒労である。「負ケラレマセン勝ツマデハ」と、むかし坂口安吾氏は税務署と争った。村松梢風翁も、自宅の前の往来を直すまでは、市民税は納めないとがんばったが、読者はやんやと喝采《かっさい》しただけで、実は同情しなかった。文章の大才をもってすれば、読者は味方にできるはずだと思うなら、文士は存外人情の機微《きび》を知らない。読者が味方にならないのは、やきもち焼きで想像力がないからだ。

それはさておき、自民党の親玉の月収が、五十万前後だとは知らなかった。松本説には教えられるところが多かった。

親玉はそれを正しく申告し、正しく納税しているのだろう。だから、俯仰《ふぎょう》天地に愧《は》じないで、納税は国民の義務だとか、人つくりだとか、人前で説教できるのだろう。

彼らにはべつ口の、無税のなん百なん千万円がある。五十万円分だけ正しく納税しても、そのなん十倍が無税なら、彼らに「税金感覚」があるはずはないとは前にも言った。だから、実は増税したくせに減税したと、とんでもない誤解をするのである。

私は彼らの「税金感覚」を育ててやりたい。それには月給をあげてやるにかぎる。一国の宰相を、月に五十万そこそこで、雇うのは間違っている。総理大臣といえば、わが国の代表者ではないか。

いくら出すか私はまだきめてないが、何年か前の松本氏が年収六千五百万円なら、月給一億円はどうだろう。献金は認めない、または課税する。不足ならいくらでも出すから、何なら必要経費を書きだしてくれ。

そのかわり、税金はとりたてる。きびしく容赦《ようしゃ》なくとりたてる。そしたら、きっと税金感覚は生じるだろう。

私は国民のケチなのに驚いている。かりにも一国の宰相に、どうしてあれっぱかりしか出さないで、文句ばかりつけるのだろう。税は累進してとどまるところを知らないから、たとえ一億円出したとて、直ちにその場で税金として七、八割はまきあげられる。まきあげて国庫にもどせば、たいしたことはありはしない。

総理大臣の給金の安いことは分ったが、あの男ではねーと、二の足をふんではいけない。安かろう悪かろうというではないか。サラリーマンだって三万円しか出さなければ、三万円の人材しか集らぬと、近ごろ一流企業は言っている。組合も言っている。自分たちの給金だけあげ、政治家のそれをあげなければ、収賄《しゅうわい》・脱税なさざるなく、害は庶民に及ぶこと現状の通りである。

打ち見たところ今の宰相は、大人物ではなさそうだ。けれども、それを言わずにまず払え。そして仕事を命じるがいい。現在の税金を半額にするのが彼の第一の仕事である。

せっかく月給一億円になったのである。それから八割も奪われたら、宰相の税金感覚は目ざめるだろう。がぜんとして目ざめたところへ、税金半減を命じられれば、勇んでそれに没頭するにちがいない。

人物の器局《ききょく》が小さければ小さいほど、せっせと半分に近づけるだろう。近づけなければやめさせる。代りはいくらでもある。近づくごとに、自分のニセの一億が、本ものの一億に近づくのだから、なまける心配はご無用である。閣僚の月給も首相に準ずるから、閣議はケンケンゴーゴー、ついには無税を提唱するにいたるにちがいない。彼らで十分間にあうのではないか。

わが国には巨大な軍備がない。ないのにこんなに税金が高いのは、安くしようとしないからだ。すれば役人、ことにみつぎとりのたぐいは半減して、税理士人口も半減して、失業者があふれれば、人手不足の諸会社は狂喜する。

何より脱税意欲も半減して、そのエネルギーが他に向うから、商工業は盛んになって、やっぱり求人は求職を上回ってメデタシメデタシだと、私はふざけているのではない。ただ、まじめくさって説教しないだけである。このなかにも、すこしは本当のことはまじっている。有志はおさがし下さるがよい。

衣食足りて礼節いまだし

本は古本にかぎる、それも沢山はいらない、なるべく少ないほうが文化国家だと、以前書いたせいか、私は一冊の古本を与えられ批評せよと言われた。あけてびっくり、礼儀作法の読本全一巻である。甫守謹吾氏著、大正五年、東京・金港堂発行。これを通読して感想を述べよというのだから、私にとっては難題である。本は古本にかぎると私が言ったのは、昔は文字で志を述べたからである。古人は世論に異存がなければ黙っていた。どう考えても、異議があるときだけ発言した。だから、言論は売買の対象にならなかった。百部二百部ひそかに印刷して、友人知己に献じた。今は売買が目的である。売買が目的の言論なら、迎合《げいごう》を事とするにきまっている。毎日新刊がなん十冊出ても、迎合すること同じなら、本は少ないほうが文化国家だ。明治大正のころまでは、初版は五百、七百、せいぜい千冊どまりだったから、売買を考えない言論もたまにはあった。だから、本は古本にかぎると戯《たわむ》れに私は言ったのである。

少年のころから、私は礼法を守ったことがない。だから、礼儀作法は必要だと、思うこと近ごろ切《せつ》なるものがある。この大冊を読んで何の異存もない。なるほど畳のへりを踏んで歩むなとか、立ったまま戸障子をあけたてしてはならぬとかの条々《じようじよう》は、今は死文に近い。けれども著者は、「礼儀作法には改めるべきものが多いが、それは形式にすぎない。精神は古今東西を問わず異るところがない。おじぎする吾人《ごじん》と、握手する異人との差は雲《うん》泥《でい》のようだが、敬意をあらわすことにかけては一だ」と論じている。私はそれに異議がなく、従って何も発言することがないのである。

けれども、読んで私は面白かった。文章が古風で、今は滅びた表現が散見してなつかしかった。また本書が指弾《しだん》している無作法が、五十年後の今日ちっとも改められていないのも面白かった。アトランダムに引用して、つかず離れぬ注釈を加えてみよう。本文はすべて個条書で、わが蛇足《だそく》は——以下に記した。

一《ひとつ》、通学の途上は端正なる姿勢を保つべし。みだりに左顧右眄《さこうべん》、喋々喃々《ちようちようなんなん》、見苦しき態度あるべからず。道路は左側を歩むべし。

——今は右側通行だから、これを古いと笑うのは当らぬ。

一、六十歳未満の人を老人と呼ぶは失礼なり。

——近ごろ平均寿命は七十、八十にのびたという。赤ん坊の死亡率が低くなったのが一因ではないか。明治はもとより、江戸時代にも七十、八十の老人がいたことを忘れては困る。それはさておき、この一句には含蓄《がんちく》がある。

一、朝夕出没する御用聞きにも相当の礼儀あるべし。馴れてこれを失えば、軽侮を招く。

——私に二十年来の知人がある。以前はなれなれしい口をききあった仲なのに、今は他人行儀である。あいさつも互に丁重である。彼は昔の彼ではない。なん百人の社員を擁《よう》する会社の社長である。社員の前でなれなれしくしてもらいたくないのだなと、私は察した。

一、いかに親しき間がらにても、他人の肩を打ち背をたたくなどのことあるべからず。

——シアワセなら肩たたこう頬ペタたたこうと歌う昨今だのに、さりとは旧弊なと驚いてはいけない。前記の知人と違って、私は零細企業の経営者だが、新米《しんまい》の女子社員に肩をたたかれた経験がある。出勤の途次、うしろからぽーんと背中をたたかれたのである。振りむくと新参《しんざん》の某女である。にこにこしているから私も笑ったが、心中すこぶる驚愕した。彼女は小学校では先生の手にぶらさがった。高校でも大学でも、師弟は友のごとくであった。したがって、と理解するまで一、二分かかった。

一、起床、就寝には父母にあいさつすべし。起床時刻は午前五時乃至六時、みずから戸障子をあけ、寝具を納め、室内を掃除し、容儀を正すべし。

——むかし励行され、今日ほとんど滅びたことの随一はこれだろう。自分のことは自分でせよと親は教えない。ことに母親は出しゃばって、子供に何一つさせない。日曜の朝は親子は疲れはて、十時まで寝ているという。

一、饗応《きようおう》終りて退席するときは主人に厚意を謝すべし。

——ご馳走様ぐらい言ってはどうか。よんどころなくひとり退席するとき、食いにげで失礼ですが、とおっしゃる。驚くべし妙齢の女子である。「頂きだち」という言葉があって、まだ滅びていないはずである。

一、つるべ、ひしゃくより水を飲むなかれ。

——とはいうものの、あれはうまいよと、じかにつるべから飲んだ味を私は思いだした。

一、口の中で音をたてて飲食することの不可なるは古来の戒《いまし》めなり。

——ぴちゃぴちゃ音をたてて食べる者は、以前は少なかったが、近ごろ激増した。

一、さぐり箸、そら箸、移り箸など、ことによろしからず。

——さぐり箸とは、椀のなかに何ぞうまき物ありやとさぐるをいう、とある。以下略す。

一、若き男女間の文通は葉書をよしとす。

——これまた多少の含蓄がある。

一、電車、汽車内では、必要以上の席を占むべからず。左右に荷物を置き、足を組み、平然として新聞を読むが如きは非礼なり。また人前をもはばからず、着物をぬぎかえるなど、すべて見苦しき行為をなすべからず。

——以下、道路にたん・つばを吐き、紙屑を捨つべからず、数人横に並びて道をふさぐべからず等々は、オリンピックの「べからずづくし」そっくりで、今も昔もありはしない。

「竹林《ちくりん》の七賢」のひとり嵇康《けいこう》が、殺害されるのを予期して息子を戒めた遺言を私は思いだす。

上役が人を送って出るときには、お前はその上役のうしろに立っていてはいけない。いずれ上役がその人を罰したとき、お前は密告したと疑われるだろう。

宴席で論争が生じたら、すぐ席を立つがいい。立たなければ議論の是非を言わなければならないし、言えばうらまれるにきまっている。

「ハムレット」に登場する大臣ポロニアスも、息子に辛辣《しんらつ》な処世訓を与えている。これはご存じだろうから省略させてもらう。

いずれも文部省監修のこの読本の教訓より、すさまじい訓戒だが、儒教の流れをくむ武士の作法を根幹にした本書にも、何げないようで味わいはあるのである。ことに、人との応対の心得のなかに、私は左の一条を発見して破顔《はがん》した。いわく、「みだりに諧謔《かいぎやく》、詭弁《きべん》を弄《ろう》することなかれ」。

私は、私の日常と作文がとがめられているのを見て、思わず笑ったが、異存はなかった。今回の作文が、いつもと少し趣きがちがうとすればこのためだと、ご容赦頂ければ有難いと云爾《しかいう》。

世代の違いと言うなかれ

「意地悪じいさん」みたいだと、私は言われたことがある。それも大そうなじいさんである。私が使う言葉と、言回しと、内容によって言われたらしい。

吉展《よしのぶ》ちゃんをさらった人さらいは、電話口で、なん十万円かを持参せよ、警察へ届けるなどと悪い料簡をおこしたら、ためにならないぞとおどかしたという。

いまどき「料簡」と言う位なら、年は四十あまりかと、警察は推理した。それを聞いて、わが家の一男一女は笑いだした。私はふだん料簡と言っているから、わが家の少年少女も、小さい時から同じく言っている。それじゃあぼくたちは四十代かと、二人は笑ったが、それはわが家だけの話で、この語が用いられること次第に稀だとは、私も承知している。警察の推理は、必ずしもまちがってはいない。

わが家では算術と言って算数とは言わない。はばかり、または手水場《ちようずば》と言って、ご不浄とは言わない。

以上の語は、わが家ではまだ生きている。けれども世間では死にかかっている。つけ火と言うと、放火ですかととがめられる。いえつけ火ですと答えると、相手は失笑する。

耳に熟した言葉を青少年が知らなくなったのは、親たちが使わなくなったからである。選んで私が使うのは、何度も言うが、戦災で日本中がまる焼けになったからである。

家が焼けると家財道具も共に焼ける。日本の家と家財には、日本の過去がきざまれている。それがなくなると、それにまつわる過去もなくなる。残るは言葉のみである。言葉だけでわずかに伝統とつながるなら、耳になれた言葉は大切にしなければならない。だから、いま使わなければ、近く使えなくなると知って、私は使っているのである。

私は大正に生れ、昭和に育った。元来無学な私ごときが知るほどの字句だもの、どなたもご存じのはずなのに、すでに半ば通じないのは、親が子に、先生が生徒に従うからである。娘がおトイレと言えば、親たちまでおトイレと言う。手水場は自ら禁じて使わないから、子は知らない。

そのくせこの親たちは、ことごとに世代の相違を言う。わが子が知らないのは、伝えなかったから当然ではないか。他人の子が知らないのも同じなのに、あきれたふりをして、世代の断絶を痛感したなどと言う。あんなものが断絶だろうか。単なる無知で、それも自分たちが育てたのではないか。

この二十年、大人たちは世代について論じすぎた。以前は三十年を一世代と称したのを、長すぎると短くした。戦前、戦中、戦後派と、十年ごとに区切って互に経験が相違するから理解を絶すると言った。

たとえば戦中派の青春は、戦争にはじまって戦争に終った、敗戦と同時にわが青春も終っていたから損したと、みれんなことを言う。これは戦前派も戦後派も知らぬ経験だと悲壮がるが、なに、どんな時代にも青春はあったと私は思っている。

親たちが世代の相違を言うから、子供たちもまねをする。安保騒動以前の学生と、以後の学生の間には深淵があって、両者の言葉は通じないとまゝ顔で言う若者がある。

世代をこま切れにすれば、とめどがない。親が十年に区切れば、子は五年に、ついには一年に切りきざむ。いいかげんにしたらどうか。

話して分らぬのは、話し方が拙《つたな》いからである。想像力が足りないからである。私は昭和十年代の浅草なら知るが、その以前は知らない。それを知る男の話を聞いて、人情風俗の相違は感じても、断絶なんか感じはしない。

彼が寄席《よせ》として、私が映画館として知る△△館があったとしても、聞けばああそうかと思うだけである。それがやがてストリップ劇場になっても同じである。桑田《そうでん》変じて滄海《そうかい》になるのが世の常である。こんどは何になるか知れたものではないと思っている。

いちいち驚くのは、何か為にするところがあるからだろうと、ある日遊びに来た若いジャーナリストに語って、どういう風の吹回しか、話が「大逆事件」に及んだら、彼はこの事件を知らぬという。

かりにも雑誌社に勤める身で、この事件が初耳だとは困ったね、明治大帝を暗殺しようと、したとかしないとか、一世を騒がした椿事《ちんじ》だよ。幸徳秋水以下なん人かが明治四十四年死刑になっている。知らないのはおかしいよと言ったら、明治ならぼくは生れていないから、知るわけはありませんよと言う。

私だって生れてはいない。いないが当然承知している。貴君は歴史的な時間と、誕生の時間をとりちがえている――

以来気をつけてみると、好んでとりちがえている者が多い。あんまり多いので気勢があがり、生れる前のことは知る必要がなく、知る者は古いのだとがんばるにいたった。

無知なものが恐縮しないで、世代が違うと威張るのが昨今の傾向である。これも大人たちが育てた風である。

戦前、戦中、戦後派を問わず、大人たちは何より古いといわれるのを恐れる。それはほとんど病的である。古いことと悪いこと、新しいこととよいこととは、本当は関係がないのに、あると信じて古いと言われるのをひたすら恐れる。

だから親は子の、先生は生徒のきげんをとる。君たちの気持はよく分るよと、歯の浮くようなことを言う。手水場と教えてさしつかえないのに、孫におトイレと教える。これで世代の断絶をうめたつもりなのだろうか。

再三書いて恐縮だが、大人は子供より年をとっている。だから古くて、古いから悪いと、子供が言うのならまだしも、大人が言いだして、むろん子供は大喜びで、以後何かにつけて子は親を古いと言い、それが身を切られるようにつらいと、こんどは親どもがつらがっている。

ぜんたい、子供が言いそうなことを、察して言う親が多すぎる。学生が言いそうなことを、いち早く言う教師が多すぎる。親は子の、教師は生徒のきげんをとって、それと知らずに尊敬を失っている。

古いと言われるのを恐れるのは、もういいかげんにしてはどうか。私は時代と人に新・旧がないことに、うんざりしている。もしそれがあるのなら、もうすこし大人たちは古く、頑固であっていいのではないか。

古いものがあって、それに抵抗して、はじめて新しいものは生じるという。抵抗しようにも、モダンおやじばかりなら、生じたくても、新しいものは生じることができなくて、いっそ若い衆に気の毒だと、私は思っているのである。

ラーメンと牛乳で国滅びる

かねがね私は、誰も言わない邦家《ほうか》の大事に気がついている。気がついて黙っているのは、どうかと思うから言う。

それは、わが国民の胃袋が、敗戦このかた、年々歳々小さくなりつつあるということである。このぶんでは次第に萎縮《いしゅく》して、ついには豆つぶ大になりはしまいかと憂慮にたえない。これに私が気がついた委曲を、まじめに述べて注意を喚起《かんき》したい。

寿司やそばは、以前はおやつだった。今は主食で、間食が主食の座にすわるとは図々しいと、私はにがにがしく思っている。

以前はあれを食べて、改めてまた晩めしを食べた。老若を問わず、わが国民の胃袋は、これしきのものには耐え、かつ消化する力があったのである。ことにそばは、一つばかり出前させるが如き、あたじけないことをする家庭はなかった。

食べるのが一人で、一つしかいらなくても、二つはとるのが不文律だった。一つではそば屋に気の毒だという思いやりと、みえもあったろうが、何より一つ食べられる位なら、二つは食べられたのである。すなわち、胃袋はまだ健在で大きかったのである。

今はこれが昼めしである。むろん、一つである。以前は「せいろう」を三枚、四枚、重ねて食べる客を見たが、もう見ることはできなくなった。

けげんに思って、そば屋の主人に聞いてみたら、おっしゃる通り、昔は皆さんずいぶん召上りましたと、懐旧の情に堪えないような面持だった。

サラリーマンが食べないのは、一つで十分であるとともに、コーヒー代を残しておくためだそうだ。昼休みの一時間は、喫茶店でなければつぶせない。

いい若い者が、あんなものを昼めしのかわりにしてはいけない、第一景気が悪いと、私は十七、八の少年をさそって、天丼、親子のたぐいを食べさせたことがある。一つでは足りなかろうとすすめても、食べようとするものがない。遠慮しているのかと顔ぶれをかえたが、本当に食べられないもののようだった。

「残してもいいよ」と、母親は息子に言う。食べられなければ残せと、すすめているのである。

しぶしぶトースト二切れを食べ、飲みかけの牛乳の半ばを残し、二十なん歳になる若者は勤めに出る。よくある親子の会話である。若者は病気だろうか？　いや、どこといって故障はない。

食べかけて残すのは、昔は許されなかったことである。行儀が悪いばかりでなく、お天と様にすまないことだった。残せとすすめるものもなかった。

食べられるか食べられないか、自分の腹のことだもの、箸をつける前に分るはずである。分ったら箸をつけないか、つけたら残らず食べたのである。第一、残すも残さぬもありはしない。たかがパン一切れ、牛乳一本ではないか。

朝はトーストと牛乳、または紅茶ですます家庭がふえた。西洋人はパン食で、パン食は文明だから、文明にあやかったのである。けれども、フランス人は一食に一斤《きん》前後のパンを食べる。棒状のパンだから、おもむきは違うが、一斤は並みのトーストの七枚から十枚分に当る。しかも、そのパンは主食ではない。これに倍するおかずの合の手に食べるのだから、胃袋の大きさと活躍ぶりが察しられる。

ご承知のように、支那では酒池肉林《しゅちにくりん》、または長夜《ちょうや》の宴などという。これも胃袋の大きさを示す言葉である。長夜の宴をはって、まさかラーメンを食べやしまい。

政府や新聞が、牛乳何本はごはん何ばいに当ると推奨したのは、米ばかり食べて他を顧みないのを戒《いまし》めたのだろう。それだから、あるいはそれなのに、牛乳だけしか飲まない男女を育ててしまった。

駅の売店で人だかりがするから、何事かと接近してみると、牛乳とパンを飲みかつ食べているのである。あれで朝めしのつもりなのである。そして昼はそばである。

　あんなものに、ろくな栄養はありはしない。よしんば朝昼晩、なん本牛乳をのんだところで、牛乳のなかにある養分は吸収できても、もともと牛乳のなかにない養分は吸収できない。むやみに牛乳ばかり飲むのは、むやみに米ばかり食うのに似ている。ともに迷信で、牛乳も米も万能《ばんのう》ではない。

　正月が来るたびに、政府はもち米の心配をするが、近くそれには及ばなくなる。五人家族で、十年前一斗の餅をついた家は、今年は四升しかつかない。四升はのし餅二枚ぐらいの分量である。だのに、それさえもてあましている。

　それにもかかわらず、若者の背丈《せたけ》はのびている。図体は大きくなっている。体位は向上していると見るのは皮相で、実はなかはがらんどで、充実してない、もぬけのからだと私はにらんでいる。たぶんラーメン育ちだから、細く長いだろう。

　それは学生とホワイトカラーだけのことで、天丼を二つ食べる若者は、まだまだいると反駁する人もあろう。けれども、まもなくいなくなる。東京の風はすぐ地方へ及ぶ。サラリーマンの風は労働者に及ぶ。地方都市にもパン食い人種はふえつつある。大工や左官の若い衆に、三時にそばや餅菓子を出すと、こねくり回して残すものがある。若い工員やタキシーの運転手にも、朝はパンと牛乳ですますものがあらわれだした。

そしてその不足分は、新薬でおぎなう。常にお昼が日本そばか中華ソバなら、ずいぶん不足なものがあるだろう。朝からビタミン剤を、飲むやら射《さ》すやらして、夜は閨房用の新薬を、これまた飲むやら射すやらして、タフでありスタミナがついたと思っているのである。

いつぞや朝めしを食べないまま、登校する小学生が多いと読んで、親どもが驚倒したことがあるが、そもそも自分たちが食べなければ、子供たちも食べないにきまっている。今さら驚くとはこっちが驚きたい位である。

ついでながら、東京オリンピックの不成績もこのせいである。「水連」と「陸連」の親玉は、根性の有無やら「層」の厚薄やらをいったけれど、そんなことは末である。スポーツの成果は、国民の体力の発露にすぎない。本家本もとは体力で、成績は末である。トーストとざるそばでは三等賞もおぼつかない。不首尾《ふしゆび》の背後には、質量ともに低い食生活がある。

日本人の胃袋が、こんなに小さくなったのは、有史以来はじめてのことである。それが豆つぶ大になるかもしれないとは由々《ゆゆ》しい珍事といわなければならない。

朝夕新薬をのむ金があるなら、何はともあれ食べなさい、または食べさせなさいと私は意見したい。

言論すべてが空しくきこえる

一年なん個月、かわり番こに書いたこのコラムも、私の番は今回で今年もおしまいである。何か言い残したことはないかとさがしたが、山ほどあるのに出てこない。

二十年来、私は他人の文章を読んで暮してきたものである。雑誌の経営者として、読んで品さだめして、雑誌にのせてきた。すなわちジャーナリストで、ジャーナリストとは言論を売買するものの謂《いい》である。そして私は、言論は売買してはならぬものだと心得ていた。

いくら心得ても、ながくそれで糊口《ここう》すれば、ついには売買して何が悪いと、思うようになるものである。ところが私は、いつまでたってもそう思うようにならない。内心にその矛盾を蔵したまま、自他の言動をながめてきた。

そして次第に、私は言論の自由というものを疑うようになった。言論は人を動かさない、だから自由なのだな、と思うようになったのである。

これについて言いたいが、それには堂々の論陣を張らなければならない。張るにはこのスペースはせますぎる。そこで、いつぞやわが雑誌に書いて、これに触れた旧稿を披露することを許して頂きたい。その気持がいくらか出ていると思うからである。

――以前、新制か私立か、という議論があった。わが子を新制中学にいれるべきか、私立にいれるべきか迷うことで、しばらく問題だった。

知識人にいわせると、新制にかぎるそうだ。私立には特定の階級の子供しかはいらない。男女も別学が多い。新制には金持の子も貧乏人の子もはいる。もちろん共学である。だから、新制にいれたほうがいい。

新聞雑誌で有名人のこんな意見を読んだ人は多いだろう。けれども、これを書いたご本人の子弟《してい》は、ことに女の子は、そのころたいてい私立の学校に通っていた。

言うこととすることが違うじゃないかと怒ってはいけない。言うこととすることは、違うのが当りまえになったのである。昔は言行一致といって、この二つを一致させようと努めたが、今は努めなくてよいことになったのである。

活版印刷が普及して、新聞雑誌がなん百万部も売れる世の中になると、それに執筆することを商売にするものがあらわれる。自分が実行することしか書けなければ、この商売は成りたたない。実行できない、または実行する意志がないことでも、それが一見道理なら、進んで書くべきだ、それが言論の自由である、それでこそ人知は進歩すると、これまたさる知識人が書いているのを読んで、私は感服した。

一月、二月は試験の季節である。昔は入学試験と就職試験が重なったが、近ごろは就職試験だけは早くなった。それでもやっぱり試験の季節である。新聞雑誌はきまってこの問題をとりあげる。

今年もまた私は読んだ。そもそも学校差というものがあるのがよくない。官立と私立、有名校と無名校、出身校によって、世間の見る目が違う。就職先が違う。

だから父兄は、中学はもとより、幼稚園からわが子を有名校にいれたがる。官学への入学率の高い学校を、よい学校という。まず学校差をなくさなければならない。

三十年このかた、春さきになれば、これと大同小異の説があらわれた。何度も読んだ説だから、父兄は安心して読むのである。そしてもっともだと賛成して、その足で有名校へかけつけ、わが子に若い番号をとってやろうと、受付に徹夜ですわりこむのである。

親のない子を雇いましょう。親のない子は、ある子に先んじて就職する権利がある。中学または高校だけで学校をやめ、社会へ出る子供のうち、まず親のない子の方を、大会社は雇うべきである。

これも春さきにはよくあらわれる説である。去年もあらわれたし、来年もあらわれていい。

この説も道理である。朝めし前に人事担当の重役はこれを読み、なるほどと賛成して、その足で試験場にのぞみ、もっぱら応募者の家庭をせんさくして、両親あり、自宅から通勤可能なものばかり選んで採用するのである。

彼は今朝出しなに、なるほどと思った。この思ったということは、どういうことなのか。人は常に思った、と称する。感じた、とも言う。はなはだしいのは、感動した、などと広言《こうげん》を吐く。だが、何を思ったか知れたものじゃあない。

受付で徹夜する父兄と、人事担当の重役を、私はとがめているのではない。この世は道理ある説に満ちている、辻褄のあった説が多すぎると嘆じているのである。

たとえば、一降り二乗り三発車、という標語を理解することは困難ではない。これを理解するとは、実行することだということも、通勤者はみな承知している。

けれども、承知は常に脳ミソにとどまって、決して手足におよばない。駅々に行列することは、通勤者の得意とするところではない。算《さん》をみだして、腕ずく足ずくでおどりこむことこそ得意とするところである。さらにたとえば、文化人なら早く起床し、ひげは毎朝剃り、食前にはかならず手を洗い、婦女子には親切にしなければならない。アメリカ人を見習いたまえ！

今は見なくなったが、敗戦直後はこんな説が流行したものだ。誰に異存もないような説である。けれども、ご存じのように、ジャーナリストには、めったに早起きしない者がある。ひげはもとより、顔さえ洗わず、昼すぎに起床して、よしんばこれを書いたとしても、道理ある説には依然として道理がある。すなわち、もっともな言論は、執筆者の生活から独立して、ひとりで勝手にもっともなのだ。

新聞の社説は年中無休で、もっとも千万《せんばん》な説を印刷している。人は読んでいちいち反駁《はんばく》する煩《はん》に耐えない。その暇と能力がない。

だから早速もっともだと降参して、走って受付で徹夜して、内心ちっとも矛盾を感じない。道理に満ちた言論の氾濫は、我々をスポイルした。こういう習慣をつけた。

春さきの試験にかぎったことではない。「新聞週間」の標語でも何でもいい。おびただしい言論のすべてが、私にむなしく聞えるのは、それらが実際から遊離して、ひとりで辻褄があっているせいである。

ジャーナリストという職掌《しょくしょう》がら、私は無数の文章に接した。その結果、言論はむなしく、読書は悪習慣にすぎないのではないかと、疑うようになった。

私はよきジャーナリストではなかったが、それにしても、二十年この道で衣食して、この結論に達したのである。心中落莫《らくばく》たる思いがある。

Ⅲ

人か犬か　犬の振りみてわが振りなおせ

犬好きの人は犬と話し、犬と戯れ、犬と共に買物や散歩に出る。ときにはながながと何やら相談までする。

彼は、犬のなかに犬を見る。自分より一段劣《おと》った畜生を見て、あわれと思うらしいが、私は犬のなかに人を見て、畜生を見ない。

犬は便意を催すと、おならをすることがある。朝ごとに犬をつれて門を出ると、先に立って歩きながら、ぷいと小さく短いおならをすることがある。

飼主《かいぬし》はそれをおかしがるが、そして私もおかしくないことはないけれど、畜生が屁《へ》をしたとは思わない。

三歳の童児は、真剣に犬と話す。その子は言葉を覚えたばかりで、わけわからずに言うのだから、もとより返事は期待しない。それが犬には分るとみえ、喜ぶこと限りがない。ことに、子供と犬の年歯《ねんし》がほぼ等《ひと》しいと、両者の差別は全くなくなる。幼児は犬に語り、犬は犬としてではなく、対等の人格として相手にされたと知って狂喜する。

犬がすこしく大きいと、相手を幼稚だと承知して、遊んでやるという態度を示す。逆に子供のほうが大きいと、相手を犬と見くだして、これほどの遊戯は生じない。

犬飼《か》う人は大人だから、たいていあわれんで可愛がるが、私はいまだに三歳の童児の心を保存するものだから、とても犬を見くびることはできない。

たとえば犬がおならして、やがてふんをする。つまさき立って尻をたて、足をわなわなとふるわせる。あとはどうするか書かないが、要するに醜怪をきわめる。

私はそれを犬と見ない。人と見る。突然、そこへ人類が乗り移って、わが面《おもて》をそむけさせるのである。

犬はよく横丁を疾走《しっそう》する。出あいがしらに私は、それとぶつかってあっけにとられる。彼に急用があろうとは思われぬのに、何用あって急行するか。いやいや我らの同類にも、何か知らぬが疾走する者がある、と考え直すのである。

「犬は犬を見る」と題した絵は、わが友人である画家の、佳作の一つである。画面の犬は犬を見ている。画家に言わせると、ポチはポチを見る。赤は赤を、白は白を見るけれど、必ずしも親しみはしないそうである。

白い犬が白い犬を見るのは、あるいは同種同類かと疑ってのことかもしれない。同種ではあっても、鼻づらをちょっとつけ、たちまち離れ去る場面にはしばしばお目にかかる。それは人が人を見るのに似ている。小さい子は小さい子を見る。自分よりずっと大きな子は見ない。妙齢は妙齢を、七十の婆さんは七十の婆さんを見る。

あのとしになって、互の衣裳持物を注目してもはじまるまいと思うのは、若い者の浅墓《あさはか》である。あの人はとしよりふけている、ちらとのぞいた歯は揃《そろ》いすぎている、総入歯にちがいないと、老婆は老婆の品定めをするのである。

悪い事をした犬は、その場で叱《しか》らなければいけない。お前は先日どろ足で座敷へあがった。昨日もあがったと、今日打ってはいけないという。

何を叱られているのか、犬には分らないからである。座敷にあがったとき、その場で打つのが犬を躾《しつ》ける秘訣だそうだ。

私は犬を育てたことはないが、人なら何人か教えたことがある。お前は去年それをした、今年もまたそれをした、来年もまたするであろうと、わが細君を難じても、彼女はちっとも恐れいらない。亭主にとっての明白な証拠は、彼女にとっては思いがけない誣告《ぶこく》なのである。

私はわが細君のなかに犬を見る、と言ったら、全女性はいきりたつだろう。実を言うと、これは細君のことではないのである。私がもと使った男女のことだと言ったら、こんどは労働組合が腹をたてるだろう。

私は何に譬《たと》えたらいいのか。要するに私は、人のなかに犬を見る、犬のなかに人を見るのだ。

不良少年に接したものは知っている。彼は人の目の前で盗みながら、あくまでしらを切る。是非を説いて、これに白状させようとしてもむだである。そのポケットから、たったいま盗んだ品をとりあげ、鼻さきにつきつけても、恐れいらない。「みんな世の中が悪いんだ」とうそぶく。

女はすべて女房で、男はすべて不良少年である。わが国の役人が、むやみに判公《はんこう》をほしがるのは、わけがあるのである。女房や不良を閉口させたければ、亭主は役人のまねをして、彼らの言行について回り、一々署名捺印を求めなければならない。これがなくて、あの時お前はこう言った、ああしたと論じてもむだである。

くだくだしいからこれ以上言わない。ここまでは、犬と人が同じところである。これからさきは違うところである。

犬は刻々に大きくなるわが仔《こ》を、その成長に応じて世話する、あるいは世話しない。生まれたては、飼主がだきあげてさえ奪われるかと心配する。十日たてば十日目の心配、半月たてば半月目の心配だけする。そして次第に乳をのませまいと、じゃけんにする。半年もたてばあかの他人である。

その成長に応じて、世話をやかなくなる過程を、人類の親どもは見習わなければいけない。中学、高校の入学試験に、親犬ならついて行かない。

こうして私は、犬と人を区別しなくなった。ばかりか、犬は人の鑑《かがみ》かと思うにいたった。けれどもそれは、一視同仁《いっしどうじん》の愛から発したものではない。

むしろ反対である。両者は共に哺乳類に属するから、さしたる相違はあるはずがないと、はじめ思い、次第に人類に対する嫌悪《けんお》から、犬は人の鑑《かがみ》かと発見するにいたったのである。私は人類を愛してない。見限っている。見限ったのは、大勢の人類に接して、一々話しあった上でのことではない。自分の内心を見て、愛想をつかしたのである。

私は事大主義を憎むが、わが内心にそれが絶無なら、憎むことはないはずである。それがあるから、大げさに感じて、自他のそれを指弾《しだん》してやまないのである。

私は他人を見るよりも、自分を見て、また禽獣《きんじゅう》を見て、人類の内心を知った。たとえば、人は隣人の非運を喜ぶ。愁傷《しゅうしょう》のふりをして、いそいそとかけつけ、家中を見回して、昨日に変る零落《れいらく》ぶりをひそかに喜ぶ。こんな喜びを犬は喜ばない。いや自分は喜ばないと言いはる人がある。ひそかに喜んだ喜びは、他人には見えないから、目に見えぬものは存在しないと、結束して言いはるのである。

だからむしろ、隣人の幸運を、心から祝い得るものの方が、真の善人なのだという説がある。降ってわいた他人の幸運は、いまいましい。それを心から祝えたらモラルだというのである。

私は嫉妬心は強い方ではない。それでも隣人のにわかな富貴《ふうき》は私を傷つける。虚栄心も強い方ではない。二十年来あばら屋に住んで改造しようとしない。門戸《もんこ》をはる気はさらにない。まして残忍の心はないはずである。鳩の血を見ても顔をそむける。

けれども、つくづく見れば、わが内心には残忍も虚栄も嫉妬も、言うまでもなく十分あるのである。私はそれらを一々つまみだして、小なりといえ、私が人類の縮図であることを知ったのである。そしてこれらが修養によって征伐できないものと分って、我と我が身に愛想をつかしたのである。

それで人類を見限るとは、大げさにもほどがある。犬は人の鑑だとは侮辱もはなはだしいと、怒る人もあるだろう。

けれども、人類はその内心を、メカニズムに化してしまった。ここが禽獣とちがうところで、人が万物《ばんぶつ》の霊長だと自慢するところである。たとえば蓄音機、ミキサー、飛行機――そのほか無限のメカニズムにして、これを野に放った委曲はすでに「日常茶飯事」のなかで論じた。

そして、人はそのメカニズムを操《あやつ》るとき、人は昔ながらの野蛮人に帰るのである。帰るのではない。もともと人はそこから一歩も出なかった。とうてい馴致《じゅんち》できない諸悪を蔵したまま、メカニズムを操縦すれば、人は必ず衝突する。

近くわれわれは、その衝突を見るはずである。私は私の目の黒いうちにそれを見ると、望ましいことではないけれど、固く信じている。

中共とアメリカの応酬《おうしゅう》をきくと、この二大国の親玉が、禽獣に酷似《こくじ》していることが誰にも分る。けれども二人は両国のチャンピオンである。レベル以上の人物だとは、私は認めないけれど、世界は認めている。二人の応酬は、両国民の応酬で、それは戦国乱世の破落戸《ごろつき》のやりとりを彷彿《ほうふつ》させる。私は人のなかに犬を見て、犬のなかに人を見て、久しく犬人一如《けんにんいちじょ》の心境にあったが、今や犬の振りみて我が振り直《なお》せと、改めるべきではないかと思うにいたったのである。

悪ふざけ　ふざけてすごしゃんせ苦の世界

昭和三十九年九月一日から晦日《みそか》まで、まる一ヶ月間のお天気を、私は暗誦《あんしょう》できる。九月一日は、朝のうち驟雨《しゅうう》があった。十一時ごろ雨はあがったが、忽《こつ》として風がおこった。樹々は久しぶりに雨に洗われて緑をとりもどし、風は枝葉の雨を吹きはらったが、この日の残暑は耐えがたかった。

二日晴れ。三日晴れのち曇。四日晴れてむし暑く、私はこの年最後の氷水《こおりみず》をのんだ。五日風。六日ふたたび風吹くと、三年前の空模様を、よどみなく述べると、たいていの客はわが記憶力に驚嘆する。

十日目あたりで、もう分ったという顔をして、何故そんなに古いお天気を覚えているのか問いたげだから、これには深い仔細があると教えてやる。

実は私は恋をして、当時はそれを恋とは認めなかったが、今にして思えば、女と出歩いた日々の天気まで記憶しているくらいだもの、それは恋に似たものであったと述懐《じゅっかい》すると、一座はしんみりして、なかでも女客は、わが心根《こころね》のやさしさに打たれて、ほとんど感動する。

私は一転して、からからと笑う。本気にしてはいけない、これは作り話である、誰が去年の今月今夜のお天気を覚えているものか。

客は、一ぱい食わされたと知って苦笑する。私はもったいつけて、お天気について講釈する。

古往今来《こおうこんらい》、天気を記憶する人は稀である。日記にこれを記録するのは故《ゆえ》なしとしない。はなはだしきは、某月某日《ぼうげつぼうじつ》天気よし、または雨とだけ記して、あとはなんにも書かないで、三日坊主に終る。

私はこの弱点に乗ずる。けれども、まんざらうそばかりではない。すこしは本当のことをまぜるのが、信用を得る秘訣である。

たとえば、毎年五月一日の空模様なら記憶する人がある。この日はメーデーで、行列して歩いて、途中で降られたのに、うっかり快晴だと言えば化《ば》けの皮がはがれる。メーデーに引続いてゴールデン・ウイークとやらがあって、これまた人の記憶に残る。

だからいっそ、去年の五月を例にとって、メーデーと連休さえまちがいなく言えば、あとはこっちのものである。

お天気の挨拶や、安否《あんぴ》を問うのを、虚礼だの紋切型だのとインテリたちは非難するから、私はわざとこれらを話題にするのである。

風邪が流行《はや》れば、風邪を話の種にする。私が今ひいている風邪は、昨日の午前十一時五十八分に感染したものだと吹聴する。

初対面の客は、けげんな顔をする。私は内証話みたいに小声で言う。

ごらんなさい。わが社には妙齢の社員が、ほら向うのすみにいて、美人とは言いがたいが、健全な婦人である。健全な人なら必ず病気する。彼女は、二日前風邪をひいた。この風邪は三日目が絶頂で、五日目になおる性質のものである。してみれば、昨日は病気が絶頂にさしかかったところで、そのとき私は彼女とすれちがった。

彼女の体内のヴィールスは、吐く息にまじって脱出しようとうかがって、たまたますれちがった私にとびかかった。

かかったところをのみこんでしまえば、感染しない。私は「うッ」とのみこんだが、ヴィールスもさるもの、わが咽喉《のど》の壁にすいついて離れない。

私はなま唾《つば》をのんで、これを胃の腑《ふ》へ流しこもうと試みた。どうして、唾ぐらいでのみこめる相手ではない。ほとんどべっとりすいついている。それに、こういうとき、唾は自在にわかないものだ。時に午前十一時五十八分であった。

わが社に於ける私は、よしんば股肱《ここう》と頼む社員と共にいようとも、所詮《しょせん》は他人のなかにいる。家庭に於ける私とは、恐らく別人かと疑う人もあるであろう。

ところが、わが家の内《うち》にある私は、外にある私と大したちがいがない。やっぱり他人にかこまれているのである。従って、わが細君をはじめ、子供たちにサービスして、怪しい弁舌をふるうけれど、彼らはついぞ面白がらない。客や社員は、声をたてて笑うこともあるが、家族が喜ばぬところをみれば、あの笑いは義理にすぎぬと察する位なら、私も察する。けれども、これ以外に私は客をもてなす術《すべ》を知らないのだ。私は歌舞伎十八番の向うをはって、作り話の十八番を用意して、それを取っかえ引っかえ語って、客の機嫌気褄《きげんきづま》をとるのである。いつぞや書いた「スピードきちがい」、前回の「人か犬か」はその一つである。

客に向って「人か犬か」と問いかけて、それが皮肉にはなろうとも、サービスになろうかと、社員の一人は私の甲斐《かい》ない雄弁をあわれんで、いっそテープレコーダーに吹きこんだらとすすめてくれる。自動的にレコードに語らせ、私に休憩せよと、これまたすでに私が旧著の中に書いたことを、人もあろうに私に受売りするのは、わが社の社風である。

甲の説を乙に受売りするから、露顕したとき甲は気を悪くするのである。甲の説を、甲なる私に、にこにこして受売りすれば、それはいっそ愛嬌《あいきょう》である。

家庭に於ける私は、もとより亭主関白である。けれどもこの関白は、何事にも抵抗しない。げんに、こないだも、私はお祓《はら》いされたが、抵抗しなかった。

わが細君は、何者かにそそのかされ、わが家をお祓いする気になったのである。家に住みついた悪鬼を退散させるという。けれども、家に悪鬼が住みついているはずはない。もし居るとすれば、それは外《ほか》ならぬ私で、他に心当りはない。私を追いはらってどうするつもりかと、本来なら文句の一つも言うところだが、大望《たいもう》ある身の私だもの、区々たる些事《さじ》はとがめない。勝手にお祓いをさせたが、その霊験《れいげん》であろう、私の脳ミソは二、三日働きがにぶったようだ。

わが細君は私に、成田山《なりたさん》のお守りを持たせようとする。近ごろ交通事故が多いから、持って歩けと強《し》いるのである。私はそれに従って秘蔵して歩いている。その無抵抗なこと、マハトマ・ガンジーもかくやとばかりである。

それでも、いまいましいから、たまには一矢《いっし》酬《むく》いてやる。いまだに私をひとり者だと、誤解する女が絶えないと、書いたり言ったりする。わが細君はやっきになる。

いかに私が以前の面影《おもかげ》を失ったか、いや以前だって、ちっとも美男子ではなかったと、彼女はあわててこきおろすが、私が動じないばかりか、それでも皆さんそう仰有《おっしゃ》ると答えると、彼女はあいた口がふさがらぬとくやしがる。

その証拠にみてごらん、と私。わが町内の細君たちは、私が通ると色めきたつ。電流のように何ものかが、彼女たちを貫《つらぬ》くのだ。いつぞやわが家に来た令嬢が、あなたという人さえ無かったら（とはお前のことだよ）、ただではおかないものをと、残念がった位ではないか――。

私は自惚《うぬぼれ》が強くて、前にも天才だと自称して、読者を驚かすやら顰蹙《ひんしゅく》させるやらしたけれど、必ずしも身のほどを知らないわけではない。ちんちくりんで、色あお黒き怪紳士だとは承知している。

私は私を遠くからながめ、近よってたしかめ、たたいたり、つっついたりしたあげく言っているのである。

だから、わが町内の令嬢夫人たちが、私を見て顔あからめるのは、折あしく正装していないところを見られたからにすぎぬとは知っている。けれども、わが細君には、こう言わなければ面白くない。

以上、私は誰にもまじめな話はしない事にしている。まじめくさって、まじめな話をして、まじめに肝胆相照《かんたんあいてら》すほどの肝胆なら、たかが知れていると見ている。

見るのは私ばかりではない。古来ほんとにまじめな人物は、かえってそれをかくしたがる。私は大根《おおね》はきまじめで、いまだに国事を憂えて、乃公出《だいこういで》ずんばと思っている。出《いで》て何をするのかというと、大新聞に反抗する豆新聞を創刊したり、結局は革命をおこそうとするのである。

革命するには、必然徒党《ととう》しなければならぬ。ところが、私は何より徒党をにくむ。徹頭徹尾一人で、この世をひっくり返そうとするのだから難儀である。いかな神算鬼謀《しんさんきぼう》の持主でも、成功おぼつかないが、それでもながいことかかって、あらゆる悪条件を征伐して、ついに私の大勝利に終る計画をたて終ったときの、私の顔は見ものである。

だから、私は一人でいるときの顔を見られたくない。そんなところを見られたら、私はぱっと立上り、狼狽してなすところを知らないだろう。

子供のときから、私はこんな悲しい計画をたててきた。たててはくずし、くずしてはいまだにたてている。どうしてこれが軽々しく口に出せよう。出せば人は怪しむだろう。そして、うしろ指《ゆび》さして笑うだろう。

笑われるくらいなら、こっちが先に笑ってやろうと、わが十八番は成ったのである。うそかと思えばまことと、まことかと思えばうそみたいな話をして、暗々裡《あんあんり》にわが言わんと欲《ほっ》するところを察しさせようとしたのである。

私はこれを座興《ざきよう》と称し、十年弁じてちっとも上達しない。それはユーモアなどという上等なものではない、機知でも諧謔《かいぎやく》でも、ましてサービスではない、悪ふざけにすぎぬとは、わが細君がしばしば難じるところである。

男女　人間本来男女なし

むかしむかし、わが恋人のひとりは、寝物語に、こんど生まれるなら男に、と言って、少年だった私を驚かした。

どうして？　と聞くと、来世《らいせ》は美男子に生まれ変って、慕《した》いよってくる女たちを、片はしからおかしてやると、おだやかならぬことを口走る。

そうは問屋《とんや》がおろすかしらん、ふた目と見られぬ醜男《ぶおとこ》に生まれて、後悔してもあとの祭りだぜと水をさすと、それもそうねと、あっさり前言をひるがえした。

以来、念のために聞いてみると、たいていの女は同じことを言う。言わないまでも、内心思っていると知れたから、聞くのはやめた。

なんだ、男も女も同じかと、そのとき私は落胆したのである。

「夢で女に」という戯文《げぶん》を、以前私は書いたことがある。

ある朝、目ざめたら、私は女になっていた。女になった私は、鏡の前でまる裸になって、仔細に己《おの》が肉体を検分した。

検分して、こんなものを、男どもが追い回すのはまちがいだと断じた……。

男と女は、人が思うほどはっきり区別できるものではない。睾丸と卵巣を翻転《ほんてん》して、調べれば調べるほど、両者は一致して、生理的には相違がないものだと、医家は言っている。してみれば、心理的にも、当然さしたる相違はないはずである。

女流の運動選手が、続々大記録をたて、次第に性別を怪しまれて、引退を余儀なくされることがよくある。彼女は一転して男になったのだろうか。

たぶんなったのだろうと、人は同情のない笑いを笑うが、笑いごとではない。我々はすべてその危険を内《うち》にはらんでいる。

同一の人物のなかに、男女はいつも同居して、せめぎあっているのである。男のなかに存在する男の部分が、わずかに勝てば、それは男らしい男になり、女の部分が勝てば、女々《めめ》しい男になる。

因《ちな》みに、選手が女性であった当時の大記録は、女性のそれとして公認するのが礼儀だと聞く。

せめぎあっている勢力が、ほぼ伯仲《はくちゅう》している男女が多い。雄々《おお》しい男が近ごろいないと、女たちはこぼすけれど、女らしい女もいないから、これはお互様である。

男女の区別は、決心ひとつできまる。子供のころから、男は男らしく、女は女らしくと教えられ、長じてその決心をすれば男らしい男、または女らしい女になるのである。今は絶えて見ないけれど、昔それらしい男女があったのは、肝心かなめのときに、男は女々しい部分を切りすて、進んで男になったからである。女は男の部分を去って、女になりすましたのである。

武士も町人も、それをした。本来、人に武士も町人もあるものか。けれども、武士にあるまじき振舞いというものをきめておいて、それに従って、からくも人は武士になったのである。

盗みはすれど非道《ひどう》はせずと、以前は泥棒も決心した。素人を相手に喧嘩するのは、やくざ者の恥だときまっていた。

きまっていたのは、きめたからである。泥棒ややくざ者さえ、以前はすこしは決心した。今日《こんにち》ほど人が決心しなくなった時代は稀だろう。

武士だの町人だのというから、大時代《おおじだい》に聞える。役人、社長などにおきかえてみれば分る。

近ごろは、会社という法人が倒産しても、社長という個人はまぬかれる。依然として金持だという。それは社長にあるまじき振舞いだとは、もう誰も言いはしない。言う者があっても、わが身が社長になれば、同じことをするのだから、その言葉には力がない。

武士らしい、社長らしい、渡世人らしい――このらしいということは、ウソだといわれ、見栄《みえ》だといわれ、浪花節だといわれ、排斥《はいせき》されて久しくなる。

たぶん、ウソだろう。けれども、もともと男女はないのだから、互に模範をこしらえて、男は男らしく、女は女らしくしなければ俗世間は困るのである。

自分の内心をあばくと、他人の内心と同じだと分る。自然主義以来、それはしきりにあばかれた。民主主義以来、婦人は参政権を得た。同一労働、同一賃金を望んで、いよいよ男子に密接した。

私は夢で女になったから、すこしは心得ているが、女は本能的に承知しているのである。男女は本来同じものであるまいかと、ひそかに恐れているのである。

女は男に認められて、はじめて女であるにすぎない。ひとり鏡の前で、己《おの》が裸体をうつしてみても、それがつまらぬものであること、男が裸で鏡に対したときと同じである。男が男らしさを見栄だとして、捨て去ったのは迷惑で、その男どもから、男らしさを呼びもどす知恵は女にはない。女は膝小僧を出し、二の腕を出し、もろ肌をぬいだ。

パンティの語がはんらんすること、今日より甚《はなはだ》しきはないのはこのためである。女は方寸《ほうすん》の穴まで追いつめられ、ここでアピールするよりほかなくなったのである。

自然主義全盛のころは、精神を赤裸々《せきらら》にする位でたりたけれど、昨今は肉体を赤裸々にしなければならなくなった。すれば男は逆上してとびかかる。とびかかられて、女ははじめて女だと安心する。それを確かめるには、とびかかって貰わなければならなくなった。たぶん男も、とびかかって、ようやく男だと安心すること同様になったのだろう。

誰か骸骨の雌雄《しゆう》を知らんや——と、ここまで書いて、戯れに声に出して言ったら、わが社の女流編集者にたしなめられた。骨盤には大小があって、骸骨になっても男女は分るものです、と。

いかにも、その通りである。婦女子は近ごろ計画して、全く産まないか、一男一女しか産まないけれど、もと七、八人は産めるようにできている。してみれば、それに備えて、腰の骨はいくらか張っていたと、私はいくつかの骸骨を思いだした。それなら、誰か骸骨の老若を知らんや。

すでにお察しの通り、私は「男女」といって、ついでに老若のことも指《さ》しているのである。だから、正しくは「老若男女」と題すべきかもしれない。

私は本来男女はない、ついでに老若もない、いずれも決心ひとつだと言っているのである。

昨日私は二十歳の大学生に会った。十七歳の高校生に会った。けれども、彼らのある者は、私より老いていた。私より頑固だった。

頑固というものは、年齢とは関係がないものである。幼にしてすでに頑固な子をご存じだろう。なだめてもすかしても、往来にすわりこんで、てこでも動かない子供がいる。無知にして頑迷なものを、柔軟にする方法を私は知らない。

私がそれからまぬかれたのは、幼稚な心を心として、世間を眺めてきたからである。ケネディさんが死んだとて、私は泣かない。「マッカーサー回顧録」を、面白く読むならまだしも、有難がりはしない。

私は婦女子のように、泣かない。ジャーナリズムのように、三拝九拝しない。それは何も、私が利口だからではない。幼稚な心を心としているから、他国の大統領が死んだのを、わがことのように大騒ぎしないだけである。

私は読まないが、回顧録が手前味噌に満ちていることは、想像に難《かた》くない。どうしてわが陸海軍人が鬼畜ぞろいで、他国の軍人が紳士ぞろいなのか。軍人というものが、万国共通の弱点の持主であることは、中学生にも分る道理である。

私は少年の目で見て言っているのに、かえって本ものの青少年は、腹を立てて食ってかかる。

彼らの立腹は、真の立腹ではない。ジャーナリズムが大騒ぎしている間だけのものである。騒ぎが去れば、マッカーサー回顧録は手前味噌だと、今度は私に説教するくらいである。

その精神は、すでに俗世間の大人のもので、少年のものではない。私は年をとらないから、彼らが大人だということが分るのである。

私は決心して大人にならなかったのではない。勝手に幼稚にとどまって、成長しないのである。そして、それゆえに老若は決心次第だと知ったのである。うそか本当か、有志はためしてみるがよい。

私は四十の半ばをすぎた。わが社の女流編集者たちは、この一両年、にわかにわが容色が衰えたと、しきりにわらって、往年のおもかげがないことを、思い知らせようとするけれど、私はそれをみとめない。

歳月は勝手に来て、勝手に去る。ある日とつぜん、私はどっと年とるだろう。しわだらけになるだろう。けれども、それはしわや白髪《しらが》の勝手である。私の知ったことではない。

私は老人の毛皮をかぶった少年になる。かぶれというから、かぶるのである。けれども両眼を見れば分る。その幼稚なこと三歳の童児に似て、それが語るに足りる相手なら、はたちの青年と熱して語って、人間本来老若なしと、大人どもをしてあきれさせるであろう。

もしもあの時　人みなもしもあの時のなげきがある

もしもあの時、あんなことを言わなかったら、またはしなかったら、こんな人とこんな仲にはならなかっただろうと、なげく女があり、男がある。はたしてそうか。

以前私はこれを骨子《こつし》に、一篇の物語を書いたことがある。その荒筋を述べる。

昭和×年、私は数え年十五で、中学二年生だった。父は早く死んで、この世の人ではなかった。母と二人きりで、郊外の大きな屋敷に住んでいた。

九月のある朝、私は目ざめて、なにげなく手足をのばすと、体の節々《ふしぶし》が常とちがって感じられた。痛いというのではない。なんとなく異様で、ただならぬ胸《むな》さわぎをおぼえた。

そのとき、寝室をあけて、母がはいって来た。寝ている私をひと目見ると、彼女はあっと驚いた。何か言おうとして、言えないもののようで、いきをはずませている。

何事がおこったのか分らぬ。だが、ただごとではない。私はすっくと立ちあがって、

「どうした」

怒ったように、なじるように聞いた。だが、その言葉が声になるが否や、こんどは私が驚かなければならなかった。

いま口から出たのは、少年の私の声と言葉ではない。それは、太く短い大人の声と言葉であった。一夜にして私の声は変ったのである。ばかりか、私の手足は、寝巻からぬっとはみ出ていた。

そのむきだしの腕や脛《すね》には、黒々と毛が生えていた。あわてて私は、手のひらで顔をなでた。はたして顔中ざらりとした。頰にも、顎にも、不精ひげが生えていたのである。

突然、何ものかがひらめいて、私には一切が分った。ひと晩で私は年をとったのである。どういうわけか、私はいっぺんに三十も年をとったのである。一足《そく》とびに、今日から四十五歳。

私は全身から、知恵と言葉のありたけをしぼって、ながいことかかって、母にこのことを理解させた。父の若いころの写真をさがしだして、彼が中年に達すると、こんな顔になると、無理矢理彼女を納得《なっとく》させたのである。

そのあくる朝から、私は物慣れた手つきで、剃刀《かみそり》を使った。自然にタバコを喫った。もう学校へは行かなかった。行っても、誰ひとり私を見知るものはなかっただろう。私の肉体におこった椿事《ちんじ》は、理解を絶したものであった。中学二年の教室に、突然四十男が出席して、ぼくは昨日までの生徒某だと、身分証明書をなん十枚出したところで、誰も信じないだろう。

幸い私の家は、近所づきあいがなかった。父の書斎にとじこもっていれば、人に怪しまれることもない。今は隣組がないから、こういうときは好都合だと、なにげなく言って、思わず私は口を蓋《おお》った。

この事件がおこったのは、昭和×年の秋である。当時はむろん隣組は存在しなかった。存在したのは、昭和十五年以後である。それなのに、なぜ私は隣組の存在を知っていたのだろう。

再び私は、胸さわぎをおぼえた。今度は本当に発狂するのではないかと、割れんばかりの頭をかかえて、父の書斎へ舞いもどった。

一週間というもの、私は苦しんだ。何とかして思いだそうと、苦しんだのである。そしてついに成功した。

唐突の変化は、なにも私の肉体だけにおこったのではなかった。精神も同じく、三十年の歳月を一挙に経験したのである。

今は昭和×年九月、その日から数えてまる三十年、昭和四十なん年の九月まで、ひとり私は経験してしまったのである。

その年の九月二十一日には、台風が上陸する。のちに室戸《むろと》台風と呼ばれる。関西に最も被害がある。

昭和十一年二月二十六日には、元老重臣が暗殺される。二・二六事件である。

翌十二年七月七日、日支事変おこる。

私の頭は、まるで打出の小槌《こづち》だった。我と我が頭をたたくと、事件がとびだした。私はたたき続け、三十年間の事件を細大もらさず思いだした。そして、それを逐一《ちくいち》ノートに記録した。

記録に倦《う》んで私は手を休めた。微風にはこばれて、町のざわめきが遠く近くきこえてくる。なかでけたたましいのは、チンドン屋の笛と太鼓くらいのものである。すべてはのどかで、無事であった。

東京中の人は知らない。昭和十六年十二月八日、わが国が真珠湾を攻撃することを知らない。四年たって降参することを知らない。原水爆を知らない。

知っているのは、私ひとりだ。そう思うと、すぐにも私はとび出して、日本中にふれ回らなければすまないような気がする。

皆さん、来年の何月何日には、こういうことがあります。さ来年の何月にはこういうことが、そのまたあくる年の何月には——声をからして叫んだら、人は聞いてくれるだろうか。

大口あいて笑うだろう。そして、私を巡査に引渡し、病院か刑務所へいれるだろう。十年後のことどころか、この九月二十一日に台風が来ることさえ信じないにちがいない。信じさせるには、多少の策略を用いなければならない。

なに、大したことではない。私は一流のホテルに出没して、ロビーで、たとえばオリンピックの実況放送を前に、予言したのである。

前畑秀子は、必ずゲネンゲルを破る。その記録は「三分三秒六だ」と、隣席の老人にささやくと、彼はいぶかしげに眉をひそめた。私の言葉に、不吉《ふきつ》な確信が満ちていたからである。

はたしてその記録で優勝すると、老紳士は私を部屋に訪《おとず》れた。

こうして私は、たちまち政財界の有力者と知りあいになった。けれども、その結果は全くムダだった。彼らは私をよく当る占いのたぐいとみた。

そして、予言を悪用して、私腹《しふく》をこやしたのである。この事変は大戦になって、敗戦に終ると断言すると、彼らはそれを阻止しようとはせず、軍需株を買いしめ、たちまち売払って儲けたのである。

どんな小さな情報にも、必ず利した彼らは、当時の何万という大金を、だまって私の部屋へ置いて去った。そして、破局は刻々に近づいたのである。

それを未然《みぜん》にふせごうと、私は宰相に会ったことがある。これまでの予告が当ったのだから、これからも当ると信じてくれと、私は彼にすがったが、彼はその長い顔を力なくふって、アメリカは三国軍事同盟を恐れる。それによって大戦は避けられると答えた。

そして、十二月八日は来た。この日が来て、この日が去ると、私の気持は次第に平静になった。世界はわが秘蔵のノートの通り動く、それをどうすることもできないと、私は悟《さと》ったのである。

以来、私は彼らを避けるようになった。名をかくし、居所《いどころ》をくらまし、転々と逃げ歩いたが、彼らは私を追回してとらえた。

私の信者には、政治家、実業家、軍人が多かった。彼らのすべては、敗戦を疑わなかった。けれども、不思議ではないか、わが予報を固く信じながら、大臣や大将の令嬢と結婚せよと、彼らはま顔で私にすすめたのである。またとない良縁だと、膝のりだして取りもつから、私は驚いてあとずさりした。

彼らは一方で降参を信じながら、一方でなお勲章をほしがって争った。中将は大将に、大将は元帥になりたがった。あとで牢屋にいれられると知りながら、なお閣僚になりたがった。

私は思わず笑いだした。客に対するごとに、この十年、私は彼らの顔にその運命をまざまざと見たのである。この男は自殺する、この男は投獄されると承知しながら、なお彼らがイスを争うのを見たのである。私の絶望は、ようやく深くなった。

それが活動といえるかどうか、私が活動らしいものをしたのは、敗戦以前のことである。以後は、やみとインフレにまぎれて、私は首尾よく彼らの目をくらました。朝鮮事変も安保騒動も、テレビや洗濯機の普及も、みんな私のノートには書いてある。

けれども、私は用心して、戦後は何一つ発言してない。ひたすら昭和四十なん年が来るのを待っている。来れば私は、将来のことは何ひとつ知らぬ、もとのもくあみにもどれるはずである。

私は私が生まれた、あの荒れはてた屋敷で、その日を待っている。今は老いた母と共に。

広　告　三日つけたら鏡をごらん

私は天下の形勢の、半ばを新聞広告によって知ることにしている。このごろ新聞は厚くなったが、半分は広告である。記事だけ見て広告を見なければ、世間のことは半分しか分らない。

広告もまた記事だと、新聞はくり返して言うが、読者は手前味噌だろうとまにうけない。私はまにうける。広告さえ見ていれば、実物を見るに及ばないからである。見るひまもなく、またその気もないから、広告だけで間にあわせる。それが経済というものである。けれども読者の多くは、記事は記事、広告は広告と区別する。そして、なるべく見まいとする。わが国の読者は、この点では潔癖《けっぺき》である。記事だと思って面白く読んだが、なあーんだ広告かとがっかりするのである。

面白かったら、それでいいではないか。広告を面白く読ませるとは、並々ならぬ手腕である。最後まで読ませたら、ほめてやってもよさそうなものを、いやな顔をするとは料簡がせまいと、スポンサーは思うだろうが、読者が思わなければ、やっぱりその広告は成功とはいえなかろう。

それはながねん、広告が読者をあざむいたせいだという。「三日つけたら鏡をごらん」と売出して、大成功した美顔水がある。明治大正のころである。背が高くなる薬だか器具だかの広告なら、いまだに出ているはずである。

だますのは、だまされたがる者があるからである。そんなものをつけて、色が白くなろうか、背が高くなろうかと、第三者は笑うが、当人は笑わない。

婦人はしばしば男にだまされたと訴える。だまして下さいと言わぬばかりの顔で歩いているから、追いかけてまでだますのである。まずその表情を改めるがよい。

あんぐりあいた口をしかと結んで、警戒おさおさおこたらなければ、めったにだませるものではない。けれども、誰もだまそうとしてくれなければ、寂しくてならない。やっぱりすこしはだまされたいと、女は半ば口を開く。

男女を問わず、人にはすべてまぬかれがたい弱点があって、広告はそれに乗ずる。追々取締りもきびしく、広告の品位は向上したというが私は信じない。弱点に洋の東西、時の古今がなければ、広告にもあるはずがないからである。

ひばりちゃんは旭君と別れたという。守屋浩君は創価学会の会員だという。××と〇〇はくさい仲だという。それは、何事がおこったかと怪しむほどの大広告である。いくら私がテレビを見ること稀でも、ひばりちゃんの名声は知っている。旭君と結婚して、たちまち別れて、双方手記を乱発したことも知っている。

みんな広告で知ったのである。なかみは読まない。読まないけれど分る。××と○○は怪しいとあるから、ウソだろうということまで分る。

どこの国にも、こうしたジャーナリズムがあって、スキャンダルをあばいて、無ければ製造して、たいそう売れている。

たとえが低級にすぎるというなら、薬品やら本をあげてもいい。時々めまいがしませんか、とつぜん頭が痛みませんか、わけもなくいらいらしませんか。

するでしょう。それなら、あなたの頭の血管は破れかけている。五十すぎたら危険です。複合○○をどうぞ。

これは、取締規則にふれないそうである。たまにはめまいぐらいするだろう。いらいらすることもあるだろう。五十すぎたら、誰にもありそうなことを並べ、一転してあなたの血管は危機に瀕《ひん》していると脅迫《きようはく》する。

売れたか売れないかは、紙面に出る。同一の広告が再三出れば、それは成功したのである。出なければ売れなかったのである。

世界にさきがけて、私は癌《がん》ヴィールスを発見した、注射でなおると、これは名高い本屋の広告だが、いつぞや日本中の大新聞に出た。

癌は正体不明の病気である。いくら不明でも、ヴィールスでないことと、注射でなおらないことだけはたしかだという。今は広告は出なくなったが、それまでにずいぶん売ってしまった。

「本誌独占、太宰治未亡人の手記」――古い話で恐縮だが、新しい話も同じだと察してもらうためだから、ご勘弁願う。

考えてもみるがよい。無理だか合意だか、かりにもご亭主は心中したのである。残された細君が、求めに応じてせっせと手記を書くわけがない。

それはニセ物にきまっている。大ジャーナリズムの社員が書いて、その圧力で、迫って彼女のサインを奪ったのである。ひばりちゃん以下もこのたぐいだろう。

読者にそれが分らなくて、ひとり私に分るのは、私が利口なせいではない。本ものだと思いたい読者に、本ものに見えるだけの話である。

その手記をむさぼり読んで、同情したふりをして、つべこべ論ずるのは、人生無上の快事である。弱年の私はそれを憎んだが、今はながめている、冷淡にながめるから、眼光紙《し》背《はい》に通って、何が書いてあるか、読まなくても分るのである。

私は今は作らないが、広告を作ることは上手である。弱点さえ発見すれば、乗ずる手段はすぐ見つかる。

私は同一の書籍に、五種以上の広告が書ける。写真師のように角度をかえて三種類書き、あとはがらりと一変したものを二種書く。せめて三通り書けなければ、一人前のジャーナリストではないと、私はわが社の編集部に教えようと思ったこともあるけれど、やめた。内心それが真の才能でないと知って、どうして教えることができよう。

だから、プランをたてた当初に帰れと言うにとどめている。それが雑誌なら、最初に立案したときは、とびあがっただろう。これなら大当り疑いなしと思ったことだろう。そしていまその雑誌のその号は成った。どうせ事は志とちがうものである。だから、あの立案した当時に帰って、その気持で広告を書けば、ウソだけはつかないですむ。誇張はあっても、事実無根のそしりはまぬかれる。丁度よかろうと、これなら教えたことはあるが、すでにお察しの通り、私の教え方はへんである。

私が広告を愛読するのは、それに大金がかかっているからである。新聞の購読料は、月に五、六百円にすぎないが、それに出す広告は、五十万、百万かかる。スペースによって料金は相違して、分りにくいから書かないが、要するに大金がかかる。

一字いくらに当るだろう。勘定したことはなし、活字は大小さまざまだから、にわかに算出できないから、これまた五百円、千円に当るとしておく。

もらうのではない。出すのである。広告するものは、一字分五百円、千円払って、そこにたった一回、字や絵を書く権利を買うのである。だから、真剣そのもので、それを読めば天下の形勢の半ばがわかるほどである。

十年来、私は映画を見てない。見ないで映画に通じているのは、広告のおかげである。その広告は、多く夕刊に出る。いくら出ても、このごろは迫力がない。映画は斜陽だと、広告が語っている。十年前と同様のスペースに、同様の文句を、同様に真剣に書いているのに、人をして映画館に行かしめないのである。

山本富士子の巨大な写真が出ているから、見ると映画でなくてテレビである。これによって、テレビがこれだけの広告をすることを知り、ついでに映画の前途も知るのである。以前私は、いつまで栄える人はなく、いつまで栄える商売はないと書いたが、映画は滅びようとしている。いずれはテレビの番だろう。

私はこういう目で広告をながめている。スキャンダルの、電機製品の、デパートの、銀行の広告を見ている。ついでに近ごろ出なくなった、または少なくなった広告まで思いだす。ミシンや証券会社の広告がすくなければ、旗色が悪いのだなと察する。

それはたいてい便所で見る。これらはそこで見るにふさわしい。かりにもジャーナリストという当事者でありながら、新聞広告を見る目の何ぞ冷たき、と読者は思うだろう。私も思う。

けれども、私は常に内心に矛盾を蔵し、これまでそれをこもごも語ってきた。当事者だから、ことさら冷然と見るのではない。我にもあらずまざまざと見るのである。それがへんなら、再び私はへんである。広告については改めて整理して述べたい。

レイアウト　ＰＲ誌と共に来て共に去る?

以前「割付け」といったものを、このごろはレイアウトという。新聞雑誌の紙面構成のことで、紙面に写真や文字をあんばいすることである。何を、どこに、どう配置すれば、引立つと同時に読みよくなるか、ジャーナリズムは工夫する。

レイアウトは、コピー、イラストと共に流行語の一つである。紙面から転じて事務室の、工場の、庭のレイアウトなどといって、とどまるところを知らない。女給の顔のレイアウトといえば、ご面相のことだそうである。

私は流行に敏感で、「みゆき族」の服装にも明るいし、「ベルモード」が一流の婦人帽子店であることも承知している。雑誌の経営者兼編集者という職掌《しょくしょう》がら、何でも知っていなければならないから、広告によって知るとは前に書いたが、実物は街頭で観察する。

衣裳や言語はもとより、人間そのものも、はやりものはすたりものだと、私は思っている。目下流行しているものなら、うさん臭いにきまっていると、腹では思っている。うろいんなところがあって、はじめて人も物も言葉も流行するのである。まっとうなものは、流行なんぞしやしない。

たとえば、あのお手伝いさんという怪しい名は、たちまち流行して、女中という名を駆《く》逐《ちく》してしまった。あれは女中と呼んでは誰も来てくれないから、ためしに猫なで声をだしたのである。そして首尾よく雇って、女中に使ってしばらくたったら、再び三たび来てくれなくなったから、今度は本気で甘やかして、朝から晩まで猫なで声を出し続けて、とうとう自分の声を失ったのである。日本中の奥さんが、地声《じごえ》を忘れたとは、神武以来の椿事《ちんじ》である。

家事の基本をきびしく教えれば、ある日ぷいとやめてしまう。それを恐れて教えなければ、彼女はお手伝いでもなければ女中でもない。うさん臭い存在どころか、ついに何ものでもないから、何をしでかすか分らない。赤んぼを湯舟に沈めたりする。

この関係は、つとに学校と生徒の間に見られる。先生は生徒をきびしく訓練しない。ことに大学ではしない。小学校または家庭でつける躾《しつけ》を、あとから教えることは困難である。それに大学は、箸のあげおろしを教えるところではない。

卒業したらさぞかし困るだろうと、案じることはない。就職する意志さえあれば、勤め口に困らぬことお手伝いさんと同じである。企業はちやほやすること奥さんに似ている。

辛辣《しんらつ》な商売である企業が、まさかと思うだろうが、すでに大学を出た男女を、たたき直すことは不可能である。企業は機械化して、分業にして、仕事をやさしくして、これに対処した。中学生に出来ることを、大学生にさせることにした。

機械化と分業は、近代の特色だという。レイアウトマンやコピーライターの独立も、その小さなあらわれである。

名と実の微妙な関係は、ここにも見られる。コピーは広告の文案のことで、広告の文案書きなら誰もなり手がないが、コピーライターなら勇んでなる。

イラストは、イラストレーションを勝手にちょん切ったもので、さし絵のことである。さし絵といえば古くさいが、イラストなら新式である。

だから私は、コピーを能書《のうがき》と訳した。薬の能書から思いついた訳語で、名訳とは言いがたいが、それでもコピーよりまだましだと愛用している。

レイアウトは、ヴィジュアル・デザインに属すそうで、ヴィジュアル・デザインはもっぱら目で見るデザインで、イラストもグラフィックも視覚的だからこれに属する。

これ以上片かなを並べるのは、本意でないからやめるが、プロダクツ、インダストリアル以下を羅列《られつ》して、そのデザインポリシーを云々《うんぬん》して、ついに何が何だか分らなくして、デザイナーたちの文章の見本を示そうかと思ったのである。

以前は原稿を依頼したジャーナリストが、割付けして校正した。自分が頼んだ原稿には、しぜん人情が移る。その原稿に、最もくわしいのは彼である。彼がレイアウトし、校正し、それが一冊の本なら広告まで書いた。終始一貫して、はじめて責任が生じた。

けれども、分業の時代である。まず割付けが、次いで広告が独立した。内容を知らない第三者に、レイアウトを、広告をまかせるのは、それがヴィジュアル・デザインで、内容を知るもの必ずしもよきデザイナーでないからである。

知らなければ、内容は聞けばいい。聞いて理解した上で割付けすれば、専門家のほうがいいはずである。

はずははずでも、そうでないのは、ヴィジュアル・デザインに長じたものは、あいにく目に文字がないからである。ことに、その専門の学校を出たものは、本を読まない。西洋の本はながめるが、わが国のそれには目もくれない。

建築家が建築の本を読むのは商売で、医者が医書を見るようなもので、読書ではない。専門外の本を読んではじめて読書で、人情風俗に通じて、建主《たてぬし》の気持が分るようになるのである。

彼らは写真は読んでも、文章は読まない。文章もヴィジュアル・デザインの一種だと心得て、読むものだと知らないから虐待する。むやみに左横書きにしたがる。横書きは進歩的で、縦書きは保守反動だと、学校で教えるのだろうか。

人間の目は横について、横に移動するから、横書きにすべきである。専門雑誌で、いまだに縦書きのものは、ひとり貴君の雑誌のみだと、私は建築家に言われたし、デザイナーにも言われたことがあるから、この機会に述べておきたい。

縦書きと横書きでは、読む速力がちがう。むろん、縦のほうが早い。たてよこ同じ人もあろうが、まだすくない。大新聞大雑誌のすべてが、縦書きなのはこのせいである。

専門雑誌がもっぱら横書きであることは知っている。そのレイアウトは、大判にぎっしり活字をつめこんで、まっ黒である。それこそヴィジュアルでない。写真ばかりヴィジュアルにして、文字をしないのは、ひょっとしたらあれを読むのは、書いた当人とその友人だけだと知って、わざとしているのではないかと疑われる。写真の原稿料より、文字のそれは安いと聞くから、文字はおまけだと見ているのではないか。

それなら書いた人に気の毒だ。読むべき文字もたまにはあるだろうにと、私はながめて、読もうと欲して、読めないレイアウトに、難渋することがしばしばある。これに執筆者が抗議しないのは、けげんである。

それが縦書きなら、紙面を一瞥《いちべつ》しただけで、読むに値するかしないか、私には分る。読むべき紙面は字面《じづら》がちがう。紙面に精彩があって、作者が行間から乗りだしている。

私は品定めして読み、あるいは読まないで、誤ることがすくない。それは私の職掌のせいではない。読者も端《はじ》っこやまんなかから読みだして、オヤと振出しにもどって、通読した経験があろう。何げなく読んで感服したと称しているが、あれは一つは「縁」であり、一つは行間から作者が招いて読ませたのである。

文字には、いまだにすこしは魂《たましい》がこもることがある。私が縦書きを墨守《ぼくしゅ》するのはこのためである。横ではそれをみとめるかんがにぶる。ひとり私がにぶるのでなく、皆さんにぶること横書きの文字がおまけ同然に遇されていることでも知れよう。ヴィジュアル・デザインを専攻したものこそ、文字のこの性質をいち早く知っていいはずである。それなのに、レイアウトマンが、最も知らない。

これも分業のせいかもしれない。わが国の学校では、数学の試験に、国語の誤りをとがめない。いわんや建築の、デザインの試験ではとがめない。すでに彼らの先輩は、この手の教育をうけてきている。四十五十といえば、雅俗和漢の字句を、すこしは承知していていい年齢でありながら、プロダクツ以下何とかポリシーにいたる片ことを並べ、並べすぎてついにそれに当る日本語を忘れたのである。

その弟子やら孫弟子だもの、若きレイアウトマンやデザイナーが、文字を粗略にするのは当りまえである。

お手伝いさんからコピーにおよぶ新式の名に魅せられて、その道にはいるものはうろんである。奥さんや企業が、ちやほやするのは、本気じゃあるまい。家庭と学校と会社がきびしい訓練を放棄したわけを、私は知らないではない。以前はみんな世の中が悪いせいにしたが、今はみんな税金のせいにするから、ひょっとしたらこれも税金のせいかもしれない。

交際費で落して落しきれないから、PR誌でも出そうかと、その必要がないのに出す企業が多い。レイアウトマンの需要はこれから生じた。あるいは増えた。

どうせ必要のないPR誌だもの、いずれはやめる。やめるならいっせいにやめるのが、流行の常である。そして、そろそろその時期である。

その時期が来て、去って、なおレイアウトマンであるならば、私はその名と実を認めたい。

非情　近ごろ「非情」は珍重される

「日本の橋は落ちるもの、汽車はぶつかるもの、電車は燃えるものと、相場はきまっている」とわが友人のひとりはいう。

一年間の交通事故の死傷者の数は、日清戦争の死傷者の数と、ほぼ同じだという。汽車が追突し、電車が脱線すると、このごろ人命はすぐ金銭に換算される。それが安いといって、被害者はいきりたつ。もっとよこせと結束して、運動を開始する。

本当の被害者は、死んだ当人だろうから、ここでいう被害者とは、故人の骨肉《こつにく》のことである。兄弟、夫婦の片われが、死んだものの命は返らないから、せめて金にして返せと言うのである。

そのとき死んだ兄、または弟が三十歳で、四万円の月給取だとすれば、定年まであと二十なん年働ける。働けばいくらいくらになる。当然昇給するし、賞与も貰える。その分を加えれば、千なん百万円になる。これっぽっちでは承知できない、もっとよこせと声明書を出したり、記者会見をしたりするのである。

その同盟は、事故の直後に出来るようだ。私が驚くのは、その出来かたの早さである。もし遺族が、急を聞いてかけつけ、死んだと知って絶望し、遺体を見てとり乱したりしていれば、命を金に換算するのは遅れる。もすこし時間がかかるはずである。それなのに、椿事の直後に結束が成るとは、まるで待っていたかのようだ。

夫婦はとにかく、親子は情《じょう》で結ばれている、だから、孝行は強いてはならない、放っておいても、しぜん孝行する、案ずることはないという説があるが、本当だろうか。そういう子もあろうが、そうでない子もあると、私は見ている。

その割合は五分と五分か、あるいは四分六か私は知らない。事故の現場へかけつけて、直ちに弁償金ぶんどり運動を開始する骨肉には、とり乱しているひまはなかろう。かりに五分五分とすれば、半分はかけつけてまだ到着しないうちに、早くもそろばんをはじいている。はじいているうちに、足はおのずと勇む。あるいは、事故と聞いたとたんに、しめたとおどりあがる。

私は好んで不謹慎な言辞を弄《ろう》するものではない。こう思うには、それだけのわけがあるのである。

戦国乱世の武将は、臣従したしるしに、親兄弟、妻子を人質にさし出すのが一般だった。

けれども、質をとっておきさえすれば、安心できるものではなかった。ムホンすれば人質は殺されると知りながら、ムホンした例は無数にある。

無数にあるのは、親子を見殺しにして、平気だったものが多いせいである。ばかりか、進んで殺すものさえあったのである。

人は微賤《びせん》から身をおこすと、主人をなん人も持つ。はじめ三十人の軽輩の頭《かしら》に仕え、次いで百人の武士の頭に、さらに一藩の重役に、ついに主人じきじきに仕えるようになる。その主人たちを順々に追い、または殺さなければ、みずから一国一城の主《あるじ》にはなれない。

一方、その背徳が責められることがある。城をかこんで、主殺しの○○、または親殺しの△△と、旗さしものに大書《たいしよ》して、城内の将兵の意気を沮喪《そそう》させようとすることがある。なに、責め道具に使ったまでのことである。城外の大将がモラルで、城内の大将がインモラルだというわけではない。両者は同一のレベルにある。城外の大将も、首尾よくその城を落せば、あとで何をするか知れたものではない。

つい四、五百年前のことである。けれども、四、五百年前といえば大昔だと思うものがある。今はちがうと、思いたければ思うがよいが、それなら「非情」だなどとは言わぬがいい。

非情は、ドライに代る流行語で、野心あるものが次第に頭角《とうかく》をあらわし、友人や上役をおとしいれ、大企業の幹部になったりするようなときに使われている。軽蔑や非難より、尊敬や羨望のひびきのある言葉である。

以前は刃物で争ったが、今は知恵で争う。野心家は悪知恵の持主だろうが、ろくに知恵のないものまでまねをする。刃物を使わないだけ文化国家だと言うものもあろうから、身近な例を一つだけあげる。

いつぞやプロ野球の某選手の妻女が変死した。プロ野球の興行は、全国いたるところであって、選手は東奔西走して、めったに家庭に帰らないこと相撲とりや芸人に似ている。人気があることも似ている。

その選手も、人気者だったという。人気者なら、新聞雑誌にあることないこと書かれる。読んで妻女は一喜一憂して、しまいにすこし気がへんになって、首をくくって死んでしまった。彼女を殺したのは、週刊誌とスポーツ新聞である。

あることないこと書いたものは、彼女が変死したと聞いて驚いただろうか。その死の責任の一半は、自分にあると思っただろうか。

かえって喜んだのである。とびあがってその選手の家へかけつけ、型のごとくくやみを述べ、型のごとく葬式に列し、れいれいしく花環をかざったのである。そして、自分たちが死なせたくせに、殺したのはジャーナリズムだと、早速その手で書いたのである。ノイローゼが嵩《こう》じていたから、ほっておいても、首ぐらいくくったろうと評したのである。選手に女がいたことは本当である。だから書かれただけのことで、そんなことで死んでいたら、命はいくつあっても足りはしないと居直ったのである。

その上ご亭主である選手の、告白やら手記やらを発表すれば、その週刊誌は他をしのいで、ずいぶん売れるにちがいないと、厚かましくご亭主を追い回したのである。

さすがに拒絶されると、こんどは妻女の姉に母に、真の真相を語れとせまり、ひとことでも語ればよし、語らなくても捏造するのがジャーナリズムの常だとは以前書いたからもう書かないが、どんなことがあっても、彼らの心はいたまないのである。いためば勤まらない商売だから、いたまぬように練習したのではない。もともとこれしきのことには、いたまないのである。

いたむのは、ついに自分のことだけなのだろうか。自殺したのが自分の細君なら、すこしはショックを受けるのだろうか。してみれば、我々に欠けているのは惻隠《そくいん》の情かと、むかし私は思ったが、今は疑っている。ジャーナリストにそれが欠けているのは怪しむにたりないが、読者にもそれが欠け、ひいては私にも欠けているのではないかと、私は疑うのである。

読者はつねに事あれかしと待つものである。細君の自殺を喜ぶものである。争ってそれを読み、笑ってたちまち捨て去るものである。かわいそうにと、眉をひそめるものもたまにはあるが、これまたかわいそがっていい気分になるのである。

すなわち、新聞雑誌と読者は同一の人格なのである。読者だけが高尚で、新聞雑誌がいつまで低級でいられる道理はない。両者は寸分たがわず残忍で厚顔で、想像力はないのである。他人の細君はおろか、自分の肉親の事故にも、おのずと足は勇むのである。

故人の死をいたむ心があるものとないものの割合は、五分五分か四分六か知らない。乱世の武将は我々の父祖である。してみればその割合は、むかしから今に伝わって変らないのではないか。

うそかまことか、汽車が転覆したら、次のようなルポルタージュを試みたら、それは分るかもしれない。すなわち、金よこせ同盟はいつできたか、事件の直後というより、同時にできたか、できたとすれば張本人は誰か。

その張本人はどんな顔つきで、どんなに口角《こうかく》あわをとばしたか。それと一問一答して、彼がその死を悲しんでいるか、喜んでいるか、つぶさに観察したら、我々の半面はあらわれるかもしれないと、私は思うのである。

おしゃべり　「書く」と「言う」では大ちがい

このごろ私は、時々ラジオに出る。教養特集「流行」、同じく「義理」と題するたぐいで、聞いて面白おかしくはなし、さりとて教養の一助《いちじよ》にもなるまい、というような番組である。

私はおしゃべりなら名人である。どうしてこんなにうまいのだろうと、我ながら不思議に思って考えたら、おしゃべりなら子供のときから毎日繰返して、なん十年になる。そのせいだと知れた。これでうまくならなければ、ならない方がどうかしている。

ただ致命的な欠点は、話にとめどがないことで、しまいには故障した蓄音機みたいに、同じ個所をぐるぐる回る。気がついて苦笑しておしまいにするが、公開の席ではそれもならぬと用心して、あらかじめ綿密な計画をたて、メモに従ってふろしきをひろげる。文句は、ふだんから洗練してあるから大丈夫である。話に抑揚あり頓挫あり、しかも時々人を笑わせる。

話の上手はたくさんいるが、俗耳《ぞくじ》にいりやすく、変チキ論を展開するものは稀である。尤《もっと》も、うまくいくのは一人で弁じるときにかぎる。五年前、はじめて独演する機会があったが、そのときのプロデューサーは、放送局はじまって以来の出来だとほめてくれた。

プロデューサーというのは、よくは知らないが、雑誌なら編集者に当る人だろう。それなら、ほめるにきまっている。編集者は、執筆者をほめなければいけない。ほめてよくならない執筆者なら、捨て去るがいいとは、かねがね私が教えるところである。プロデューサーもこの手を用いたに違いないが、それにしても放送局はじまって以来は大げさである。

私もずい分ほめはするが、心にもないことは言わない。ほめる種があると、それを誇張するだけである。してみれば、割引しても相当なものなのだなと、そこはそれ、私だとて鬼でもなければ蛇《じゃ》でもない。ほくほくしておだてに乗ったのである。

私はほめられたら、原則として喜ぶことにしている。この放送にはかなり反響があって、電話と手紙をもらった。当代の座談の名手といわれる人からは、その内容、その話術、ともに驚くべきものでしたと、只今葉書を出したが、じかに申上げたくてと電話をもらった。読者の一人からは、失礼ながらご文章より面白いと手紙で言われた。

これでも私は、文章には心血《しんけつ》をそそいでいる。それなのに、話の方がうまいとは、あんまりなほめようである。ひょっとしたら侮辱ではあるまいかと、私はしばらく喜ぶのを中止して、結局喜ぶことにしたほどである。

あれだけの話術をどこでご修行なさったかと、聞かれたときは返答に窮した。話なら子供のときからしているからとは、そのとき用いた遁辞《とんじ》である。

けれども、それならどなたも同じである。しゃべり続けて、ちっともうまくならない人の方が多い。どうしてだろうとふたたび考えたら、なに、あれはわが綴方の再現にすぎぬと分った。

私は文章のように語る。あらゆるムダを捨てて、最短距離で語ろうとする。

私は話すように書く。というより、書く前に話してみる。話してしまったことは書けないという人があるが、私は書けるたちである。同じことを別人に話して、ここでこの人は笑ったな、この人は笑わぬなと、一々たしかめる。たしかめて話を練る。書かないうちに、推敲《すいこう》するのである。

別人ならまだしも、同じ人に手をかえしなをかえ話すこともあって、さすがに同じ人の迷惑を察して、私はタキシーの運転手を稽古台にすることを思いついた。

十なん年、私は千葉県市川に住んでいる。「八幡《やはた》の藪知らず」の近所である。私の事務所は虎ノ門にあるから、タキシーで帰ると小《こ》一時間かかる。私は運転手に語って、一篇の物語をまとめる。

運転手は客に、壁のように背を向けている。その壁に向かって話すと、背中は無言だが表情する。わが説に賛成だと、その背はうなずく。反対だと微妙にそれを示す。声にならない笑いも、その背は笑うのである。むろん、こむずかしいところは省いての話だが、わが作文のいくつかはこうして成った。

私はこれを「リハーサル」と称している。運転手なら、同じ話を繰返しても、同一の車に乗ることはなし、気がねがない。

けれども、この世は偶然に満ちている。ある晩、私はまたしても同じ物語を繰返して、八幡の藪知らずをすぎると、運転手は心得顔に、私をわが家にみちびいたのである。そして「旦那、いつぞや私の車にお乗りでしたね」と言ったのである。すこし酩酊《めいてい》していたのが不覚《ふかく》だった。よく似たお話をうかがったのでと、すっかり語らせてから言うとは人が悪い。私は客席の暗がりで赤面《せきめん》した。さぞかし笑止だったろうと、祝儀ははずんだが、心ははずまなかった。

けれども、私も語ってばかりはいない。むろん、聞いていることの方が多い。黙って共産党の議論を聞いたことがある。創価学会に入会せよと、すすめられたことがある。

共産党の運転手には、まだ二人しか出くわさないが、創価学会ならたくさんある。私は世相の一端をみる。

群小のタキシー会社の組合は弱い。だから総評や社会党は面倒をみてくれない。みても票にならないからだろう。創価学会が繁盛するのはこのせいかもしれない。まして、未組織の労働者や店員なら、入会するものは多いだろう。創価学会を助けたのは総評かと、うつらうつら思うのである。

共産党の議論は、少年のころ聞いたものと同じである。なん十年、同じレコードをかけ放しにしているのだから、私よりうわ手で、上には上があるものである。レコードだから、語るばかりで、人の話を聞く耳は持たない。

なかに慷慨《こうがい》する運転手がいる。「ＢＧに処女なし」と断言する。彼女たちをホテルに運ばぬ日とてはないからだろう。いかにもタキシーを利用する男女には、そういう客が多かろう。けれども、名もなく貧しい堅気の男女なら、第一タキシーなんぞに乗りはしない。どなたも電車でお帰りだから、貴君は接する機会がないだけである。処女はみんな歩いている。案じることはないとなぐさめ、ついでに、客はせいぜい十分か十五分しか車内にいない。したがって、諸君の見聞は、断片的で、それで組立てた世界観は十分間的である。しばしば鋭く、しばしばかたよっていると言ったら、そうかなと、彼の背は微妙に動いた。

おしゃべりにせよ綴方にせよ、いかに私が稽古熱心であるか、これでお分りだろうが、それにもかかわらず、あとにもさきにも成功した放送は、最初の一回だけであった。作者は処女作に全貌をあらわすというから、これが始めで終りかとあきらめていたら、ついこの間、池田弥三郎氏と対談したら、これがまあうまくいった。

三十分にしては、話がきれぎれかと思うと、最後の一分間に、突然言いだしたひとことで、今までこまぎれだった無数の例を数珠《じゅず》つなぎにした。はじめからたくんだ芝居だが、聞き手は事の意外にびっくりした。六十点！　と私は自分で点をつけた。

私は自分に辛《から》いから、私の六十点が他人の何点に当るか、たいがい知ってはいるが、念のために弟子の一人にその再放送を聞いてもらった。

私は弟子運が悪く、すこしでもましな若者なら、すぐ弟子にしてやるのに、みんな出来そこないばかりである。わが作文を全部実録だと思っているから、たまりかねて、作り話だよと言うと、今度は全部作り話だと思うような者どもである。

この弟子もむろんその一人で、あろうことかあるまいことか、老後のためにアパートを建てよと私にすすめた男である。お門《かど》ちがいだと一蹴して、内心ひそかに破門して、以来「不肖《ふしょう》の弟子」と呼んでいるが、およそ不肖でない弟子は一人もいないのだから、一々破門していたらきりがない。弟子は一人もなくなるから、これでも大事にしなければと、新橋で名高い「小川軒」のビフテキをご馳走して、聞いてもらったのである。

そのせいだろう。九十点！　と彼は電話口で叫んだ。ふたたび、私はほくほくした。それに気を許したのがいけなかった。続いてこんどはテレビに出た。

私はあらゆるムダをはぶいて語ろうとするとはすでに言った。文章はしばらくおき、お話はこれではいけない。活字なら読んで停滞したり、あともどりすることができるが、話はそうはいかない。ムダがなければ息苦しい。話の筋道に追いつけない人もあろう。時々待たなければならないのが、お話と綴方の相違かと、ようやくさとったとたんに、いや待て綴方だって同じではないか、簡潔ばかり旨《むね》として、読者をおきざりにしてはいなかったかと愕然とした。

そして、ためしに今回はムダ口をたたいてみた。はたしてとめどがなく、テレビの惨たる出来ばえを語ろうとして、それに言及しないうちに、早くも余白が尽きてしまった。委曲は次回に述べるとして、この際わがラジオの定期番組を広告しておきたい。すなわち、毎月の第一日曜、○時○分、NHK第二放送である。第一回は来たる四月×日、以下五月六月……の第一日曜である。

一回目は「うそ」について話す予定である。もしお聞き頂ければ、私がいかなる名人上手か、わが作文のどこがうそかお分りになるかもしれない。読者はなあーんだと思えばすむが、私の方はそうはいかない。誰が聞いてくれるかしれぬと思えば、緊張のあまり失敗せぬかと、今からしきりに胸さわぎがする。

大取次　新刊も再版も要らないとおっしゃる

商売の話を申上げる。わが「室内」の別冊「建具読本」は、おかげ様で売切れた。返品率は日販九・五パーセント、東販一八パーセント、その他の取次店《とりつぎてん》を平均しても一八パーセントを越えなかった。

一方で返品して、一方で注文するのが取次店の常だから、返品は折返し注文品と化して届けられ、版元にながくとどまることはなかった。

定価は千円に近く、返品率は一八パーセントなら、非常な好成績である。三ヶ月で売切れたから、再版して取次店に持参させたら、要らないと言われた。こんなに売れているものを、要らないとは欲のない話だと笑ったが、実は笑いごとではない。

取次店に委託して、全国書店に配本しなければ、版元は売ることができない。読者は買うことができない。そのカギは取次店がにぎっている。

取次店は、本と雑誌の問屋に似た存在である。俗に東販、日販と称する二社がその親玉で、以下中央社、大阪屋、栗田、日教販などがある。

本や雑誌は版元がつくる。版元はいわばメーカーで、メーカーはじかに小売の本屋には配本しない。本屋は日本中になん千なん百軒とあるから、一軒ずつに配本して集金することは、したくてもできない。

取次店へまとめて納めるよりほかはない。取次店はそれを本屋へ配本する。本屋は売れた分だけ支払って、売れない分は返品する。

わが国の本と雑誌は、こういう仕くみで売買されている。版元と本屋の間に取次店が介在して、それは巨大になるばかりである。

なるはずである。本は版元から預かるのである。自分は一冊も買わないのである。配本して口銭《こうせん》をとるだけだから、ソンする気づかいはない。危険は絶無で、資本は要らない。

本は定価販売だから、思わくや見込みで仕入れることもない。それは単なる事務で、仕入れでさえない。仕入れに危険がともなわなければ、商品の選択眼は養われない。呉服問屋は、生地や柄《がら》に明るいが、取次店は本に暗い。売れなければ返せばすむ商品なら、明るくなるまでもない。書名と著者の名と版元の名を見て、つまりカバーだけ見て、配本するかしないか、するなら何千部か会議できめるという。

あんなものが会議だろうか。本の値打は中身にある。それを全く知らないで、また知る気がなくて、カバーだけで鑑定するとは笑止である。この取次制度が、わが国の出版界のガンだとは、永年言われているから、お聞き及びのかたもあろう。

あれはトンネルに似た関門で、あんなものに支配されるとはおかしいとお思いだろうが、すべてものには表と裏がある。版元は取次店から金を借りるのである。

配本した本は、半年待たなければ現金にならない。当然待つべきで、私は待っているが、それはつむじが曲っているからで、曲っていない版元は、取次店から借りるのである。借りなければ、印刷、製本、宣伝費その他は払えない。分りやすくするために、誇張していうと、かりに一万冊納めたら、六千冊分（六割）の金を借り、それを支払いに当てるのである。

半年たって、五千冊（五割）しか売れていないと判明すれば、千冊分は借りすぎで、返さなければならない。そのころはどうせ返せなくなっているだろうから、急いでべつの新刊一万冊を納めて、五割を借りても、一割はさし引かれるから、手どりは四割になる。

だから、版元は苦しくなればなるほど新刊を出すのである。出しては借り、借りては出して、からくも営業を続けるのである。俗に自転車操業というが、これは他の商売にもあることだからお分りだろう。

ここでも取次店はソンをしない。一万冊を担保《たんぽ》にとって、あぶないと見れば二千か三千冊分しか貸さないから大丈夫である。

取次店を強大にするのは版元である。版元は貸してくれそうな本しか出さなくなる。迎合するのである。読者は迎合した言論しか読めなくなる。因果とそれは耳にこころよい。目に文字のない男女にも、これなら売れるだろうとカバーだけで分る本なら、取次店は喜ぶ。読者も喜ぶ。版元も喜んで、三者は同じレベルになる。英語に強くなるという本が出れば、まねして算術に強くなるという本が出る。頭がよくなるという本も出る。ひたすら売ろうとすれば、勢い本の運命はこうなる。なって久しい。

版元が全き商人になって、商人でない版元が皆無になっては困るのである。本は売れなくてはじめて本だという著者と版元が、稀にはなければならない。そういう本が出せないのは、取次制度と無縁ではない。言うまでもなく「建具読本」はこの種の本ではない。役に立つ実用書で、従って売るべき本にすぎない。

かくてトンネル機関は、かたわら金融してますます巨大になった。なれば自然増長する。大取次の番頭は、しばしば版元に言う。「もう新刊はたくさんだ。再版ものは原則として配本しない！」

取次店は版元のおかげで衣食しているものである。何一つ作らないものである。版元が作らなければ、存在の理由さえないものである。幸い初版が売切れて、再版が出たのなら、

「おめでとう」と世辞の一つも言っていいはずである。それを再版はいらぬとは何事かと、版元はつめよるかと思いきや嘆願するのである。

配本してくれなければ、つぶれるからである。大取次は二社しかない。二社がとらなければ、わが社にまかせてくれと乗り出す取次店はない。あっても微力だから、全国に配本できない。二社はいよいよ増長する。

大取次が配本を拒絶するには、するだけのわけがある。版元が本を作りすぎるからである。本屋の棚には限りがあるのに、それ以上作るから並べきれない。並べきれないから、折返し返品する。

取次店と本屋は、単行本は二の次で、雑誌の方が大事だと思っている。雑誌は毎月売れるからである。某書店で今月五十冊売れた雑誌は、来月もほぼ同じくらい売れる。読者がついているから、にわかに十冊に転落する気づかいはない。

単行本はその反対である。同じ版元が発行しながら、単行本AとBは、著者もタイトルも違うから、Aがベストセラーになっても、Bとは全く関係がない。雑誌の前号と次号は続いているが、本のAとBの間は断絶している。だから雑誌は大事にせよ、本は二の次だというのである。

それを知っているから、私は「建具読本」を雑誌の臨時増刊として出した。彼らは雑誌だと思うから喜んで配本した。売切れて再版したが、今度は本として出さなければならない。も一度臨時増刊として出すことは禁じられている。本と雑誌では運賃が違う。鉄道は雑誌の運賃を格安にしている。一月号の臨時増刊が売れたから、同じものを四月号の、八月号の増刊として出されては鉄道はソンする。だから一回限りにしたのだろう。

すでに大取次は大会社で、大会社だから雑誌と本では担当者が違う。係員が違えば互に連絡がない。日販では九・五パーセント、東販では一八パーセントの返品率だとは本の係りは知らない。調べてくれれば分ると言っても、どうせ調べやしまいから、あらかじめ資料を持参させたが、それでも要らぬと言うのである。昭和四十年現在千円の本を一冊売る利は、三百円の本を三冊売るのに当る。利が三倍で本屋の手間がはぶけるのに、配本しないのはご損でしょうと言ってもはじまらないのである。

はじまらないのは不思議だが、組織が大きくなると理解しがたいことが平然と行われるのは、何も大取次だけではない。彼らは以前は商人だったが、今は会社員なのである。儲かるものを仕入れないのは、商人ならあるまじきことだが、会社員ならあることである。

わが社には毎日取次店の小僧が来る。全国の本屋からの注文品の伝票を持って、本をとりに来る。「建具読本」は一キロを越す大冊である。三十冊持つと重い。重いといっても、オートバイに積んで、待っているトラックまで運ぶだけである。

新刊は売れると限ったものではない。かりにも取次店なら、今度のは売れて結構ですねと言うかと思うと、毎日重くて迷惑だと言う。そして、それにわが社の社員は怒らないのである。かえって同情して、明日《あした》にしてもいいよと応ずるのである。これをヒューマニズムという。一日遅れれば読者に届くのはそれだけ遅れる。

取次店の小僧だから、零細企業の社員だから、このことがあるのではない。彼らはすでに小僧ではない。大組織の一員で月給とりだから、仕事は少ない方がいいのである。荷は軽い方がいいのである。彼らは商売をおぼえて、行く行く豆取次店を開業するつもりはない。いずれ内勤になって、新刊はもうたくさんだ、再版ならいらないと言えるような身分になれば出世なのである。

大取次だけが特別なのではない。今日大小の会社はたいがいこんなものだろうと、私はこれを通して見ている。今までも見たし、これからも見るだろうとながめているのである。

金切声　このごろ男が金切声を出す　なぜか

いつ、どこで読んだ話か思いだせないので何度も書くが、岩野泡鳴は、桃中軒雲右衛門の浪花節を聞いて、思わず落涙して、その落涙したことに腹を立て、拳固《げんこ》で涙をぬぐいながら、この涙はウソだウソだと言い続けてやめなかった、という。

泡鳴は明治大正時代の文士で、雲右衛門は名人といわれた浪花節語りである。

雲右衛門以前の浪花節は、でろれん祭文《ざいもん》とさげすまれ、門付《かどづけ》の大道芸だった。それを彼は寄席の高座の芸にした。のちに檜舞台も踏んだから、浪花節を今日あらしめた人といえよう。

この挿話を、いまだに私が記憶しているのは、泡鳴の人がらが偲《しの》ばれるからである。泡鳴が雲右衛門に強いられた涙は、いわゆる浪花節の涙である。後年の母もの映画、今ならテレビで時として強いられる涙である。

それにもかかわらず、あとからあとから湧いて出るから、泡鳴はいまいましがって、ウソだと言いはったのであろう。

まるで漫画である。漫画だから、誇張して泡鳴の人と考えを伝えるのである。自分が流した涙だから、真偽が分る。それから察して、その席の他の客の涙の真偽も分るが、それは彼に分るだけで、他の客に分らせることは不可能である。いくら論じても、他の客は承知しない。この涙を流したいばかりに、木戸銭を払ったのである。承知するわけがない。

内外多事というが、この夏は多事だった。外《がい》のほうはしばらくおき、内《ない》のほうを数えると、森脇某の脱税が露顕した。吉展ちゃん殺しの犯人が自白した。ライフル銃少年の捕物があった。大きい船と小さい船が衝突して、小さい船はま二つに割れた。

まだあるだろうが、忘れた。船の衝突は、たて続けに二つあった。自動車強盗みたいな豆事件はなかった。これは新聞に出ると、すぐまねる者があらわれるから、あればたて続けにあって不思議はないが、船が船の衝突をまねるとはけげんである。

もっとも、けげんなことはたくさんある。渋谷の新築中のビルから、鉄棒が落ちると、新宿のビルからも落ちる。今年の夏のことではないが、ほうぼうでたて続けに落ちて、鉄棒も又まねして落ちるかと怪しんだことがある。

ライフル銃騒ぎには野次馬が出た。なん百なん千と出て、流れ玉に当る者があった。犯人がつかまったら、野次馬がかけよって、どれが犯人だか見当がつかなくなったという。年のころも、風体《ふうてい》も、人相も同じだったからである。

かっこいいぞ、と叫んで見物している若者がいた。それらがとびかかって、犯人をもみくちゃにした。護送自動車の屋根によじのぼって、足ふみならした。

アメリカなら、リンチにするところである。何しろ相手は犯人だ。半殺しにしたっていいだろう。まかりまちがって本当に死んだって、誰がふみ殺したか分りはしない。いま正義は野次馬の頭上にあると、かっこいいとさっき喝采《かっさい》した若者は、正義漢に豹変するのである。

喝采の言葉も、正義の言葉も、同一の人物が発するのである。この手の言葉は船の事故のときも発せられた。死体があげられるごとに、一丁あがりッと叫ぶ声があったという。正気だろうかと、怒る大人がある。若者だけが狂気で、大人なら正気だろうか。若者だけがたわごとを言って、老人なら言わないだろうか。

森脇某は、名高い高利貸である。十年来疑獄というと彼の名が出るから、この道では一流なのだろう。

その脱税は、大そうな額だと伝えられる。森脇の会社は創立以来、毎年欠損を申告して、それが税務署に認められて、したがって税金は納めていないのだそうである。

国税庁が怪しんで、大がかりな調査をしたら、八十なん億だかの脱税が明るみに出た。まだあといくら出るか分らない。さかのぼれば、なん百億になるだろうと、調査中だそうである。

世間は驚いたり怒ったりしているというが、私は本気にしない。私はむしろ、森脇が「法人」であることのほうに驚いた。うかつな話だが、私は高利貸というものは、「個人」だとばかり思っていたのである。

けれども、八百屋や魚屋まで、会社という名の法人になって久しい世の中である。高利貸も法人に化けているはずである。そして法人なら、利益がなければ税金はむろん納めないでいい。だから、創立以来赤字続きにしたのだろうが、金貸でなくても、細工して黒字を赤字にしている会社はたくさんある。驚きあきれることはない。むしろ、高利貸株式会社が利益を正しく申告して、着々と納税していると思うほうがどうかしている。

許されていない高利をとるのが、彼の商売である。彼は初めから税金は一文も払うまいと、固く決心していたはずである。今さら驚くのは、驚いたふりをしているのだろう。体裁上いくらか納める金貸もあろうが、体裁はついに体裁にすぎない。

税務署は、法で許されていない高利から、税金をとるのだろうか。とればその高利は許されたことになる。なってモラルは一貫するのだろうか。

どうせ税務署のことだから、そこは何とか辻褄をあわせるだろう。あわせてとれるだけとろうとするなら、両者の精神のレベルは同一である。

それからさきの追っかけごっこは、素人の私には分らない。また、分ろうとしない。ただ、あれは税務署の仕事かどうか、私は怪しんでいる。彼のしていることが犯罪なら、警察の仕事ではないか。

それなのに、徴税はひとり我々会社員に苛酷《かこく》で、大企業に甘いと、税と聞けば鸚鵡《おうむ》がえしに同じ文句を言って怒るものがある。見当ちがいである。金貸がいくら大金を動かそうと、それは大会社でもなければ大企業でもない。堅気の勤人である我が月収と彼の月収、我が税金と彼の税金を比較するのは不見識である。堅気のプライドというものが、もしまだ残っているなら、比較を拒否するのが見識というものである。

彼らはばく然とそれを知っている。だから怒ってなんかいないはずである。ただ怒っていると思っているだけである。その証拠にすぐ忘れる。

涙ばかりか、私は彼らの喝采も憤慨も眉ツバだと思っている。たとえば、新聞は政治家の悪口を言う。三十年来言い続けて、ついに犬畜生みたいに言う。

そして大衆は公憤の極に達していると書くから、大衆といえば自分のことだから、何やら極に達しているような気分がして、鸚鵡がえしにそれを何十年も言っているうちに、自己を失う。

もともとなけなしの自己だもの、紋切型ばかり言っていると、ついにはそれしか言えなくなって、号令をかけられさえすれば、同じことを言うようになる。

みんな政治が悪いんだ、または世の中が悪いんだという紋切型ができたのはこのせいだろう。このせりふは老いも若きも言う。問答して返答に窮して、これを言わないものはない。

けれども、考えてもみるがいい。夫婦げんかだって、みんな細君が悪くて、亭主は何一つ悪くないということはありはしない。またその反対もありはしない。どっちもどっちである。五分五分か、せいぜい四分六だろう。してみれば、みんな政治が、世の中が、経営者が悪くて、自分は何一つ悪くないということは、ありっこない。ありっこないことを、あるように思わせる力が、言葉にはある。

たぶん、岸信介君は、池田勇人君は、佐藤栄作君は、無能で、ウソつきで、ろくでなしだろう。けれども彼らは我らの選手である。我らは彼らと同じ程度に、無能でウソつきでろくでなしなのである。誰もそれを言わないから、ながい年いい気持で罵っていられるのである。

言葉は乱用されると、内容を失う。敗戦このかた、平和と民主主義については言われすぎた。おかげで内容を失った。

原水禁運動といえば、いかなる国の原水爆にも反対するのかと思いきや、平和を守るための威力としての核兵器ならいいそうだ。いや中共製だけいいと、互いに平和を称して争って、被爆者そっちのけである。

だから広島の被爆者は、被爆者であることをかくし、全く沈黙して政治闘争の材料になることを欲しないという。

八月六日は一日限りの広島の思想家が集る日である。知るものは言わず、知らない人がしゃべる日である。そしてその他の日本国民が、冷淡なくせに熱心に平和を口にする日である。

一括すれば、それは、ほんとに戦争はいやですわねえ、平和だけは守らなければいけないと、つくづく思いますわ、というたぐいの話である。これなら、たいていの文章や談話にくっついて、体裁もととのうし、抵抗もない。

けれども、その言葉には内容がない。内容がないから声は上《うわ》ずる。平和だの民主主義だの言論の自由だのを論じて、男が金切声を出さないことは稀である。

その正義は、平和は、自由はウソだと拳固をふりあげるわけにはいかないし、言って彼らが承知するはずもないから、私はそっぽを向くことにしている。

父よ笑え　男は女を笑わなければならぬ

ある大会社の幹部に聞いた話である。近ごろサンキュウをとる男の社員がふえた。サンキュウとは「産休」、お産休暇のことだそうである。

「男の君がお産するのか」と、はじめ彼は仰天した。いえワイフです、女房です、家内です。そりゃそうだろう。何はともあれおめでとう、とは言ったものの、二の句がつげなかった。苦労人の彼はあとは察して、なん日かの休暇を与えたと、ここまで聞けば、苦労人でない私にも察しはつく。

お産するのは、むろん彼の細君である。その会社や仕事とは何の関係もない私事である。ただ細君がせがむから、付添うために休むのである。

付添って、何かのたしになるのかしらん。何のたしにもなりはしない。それなのに付添う亭主がふえた。痛がる細君がふえた。

いうまでもなく、お産は病気ではない。だから、そのために入院しても、健康保険はつかえない。医者はお産を、むしろ健康の証拠とみる。痛みは産みの苦しみで、病気の苦しみではない。それを病院にまかせたら、亭主の出る幕はないのである。

手もちぶさたで、うろうろするくらいなら、いっそ男も産むまねをしてはどうか。妻が出産するとき、そのまねをして、腹にぐるぐる布を巻いて、男も痛がって気分をだす土人が、いまだに南方にはいるという。

ずい分なことをと、怒る人もあろうが、ついこの間まで、男は不安をかくしたのである。女は痛みを耐えたのである。赤ん坊を産むのは、何も自分ひとりではない。日本中の女は産むのである。陣痛は産むのが近づいたしるしだから、泣いてもわめいても軽くはならない。ならないのに騒いではみっともない。物笑いになるだけだから、騒ぐなと母は娘に教えたのである。

近ごろの親たちは、騒げと教えるのだろうか。それとも娘たちが、ひとりで勝手に騒ぐのだろうか。騒いで甲斐ないことなら、騒がないほうがいいにきまっている。

新聞記者の細君である小学二年の男の子の母親に聞いた話である。その子はひとりっ子で弱虫のくせに、しばしば問題をおこす。どうしていいか途方にくれることがある。ついせんだっても、同級の女の子と喧嘩して、「君んちのママなんか、こないだの台風で死んじゃえばよかった」と言ったという。

女の子のことだから、帰って早速言いつけたのだろう。ママなる人は血相《けつそう》かえ、学校へ乗りこんで、あんな恐ろしいことを言うお子さんとは、同じクラスに置いておけない。わが子をこのクラスから出すか、あのお子さんを出すか、どちらかにしてくれと迫ったという。

細君は先生に呼ばれて注意され、とりあえずあやまって帰ったが、それにしても、どうしてあんなことを口走ったのだろう。

聞けばそのなん日か前、女の子がこんなことを言って笑ったのだそうだ。「あんたのパパは新聞記者だって？　記者ってヤジ馬のことだって、うちのママが言ってたわ」

ヤジ馬ってなあーに、とその晩男の子は聞いたという。これこれしかじかだよと教えたら、そんなら悪口じゃないかと、理解するところがあったという。

たぶん、それを遺恨《いこん》に思ったのだろう。だからとっさに、君んちのママなんて――と、口をついて出たのだろう。

そう言えば、たしかに聞かれたおぼえがあると、彼女は思いだした。そして、ママなる人の怒りと誤解を解《と》こうとしたが、むろんそれは解けなかった。

ママなる人は、ヤジ馬と言ったことは、とうの昔忘れている。大人にとってそれはさしたる悪口ではない。だから、忘れるのはもっともである。よしんばおぼえていても、死ねばいいと言われるに当るほどの悪口だとは思わない。また言ったと答えて不利なら、言わないとがんばるのが、男女を問わず人間の常である。

むろん、当《とう》の女の子も忘れている。幼い子供のことだから、よく承知して言ったわけではなし、なん日も前のことなら、これまた忘れるのが道理である。

だからそのいきさつを、ママなる人に訴えてもムダである。言った言わぬの水掛論に終るのがオチである。

以上こまごま書いたのは、このたぐいの話を、このごろよく聞くからである。一例としてあげたのである。

昔ならこんなとき、「子供の喧嘩に親が出る」と言いさえすればよかった。そのひとことで親どもはひっこんだ。けれども、今はひっこまない。子供の喧嘩に親が出るのが当りまえになったのである。出なければPTAが呼びにくる。PTAというものは、そのためにあると私は理解している。

以前、父がPTAに出なかったのは、理由がなかったわけではない。父は母を笑うために出席しなかったのである。細君が訴えるのを聞くうちに、だんだん立腹を同じくするなら、父がいる甲斐はない。勤めさきから帰って、女親の話を聞くとき、男親は「第三者」である。すくなくとも第三者であろうと、懸命につとめるものである。

どうせ子供のことだもの、何を言うか分りはしない。そのつげ口を一々とりあげるものではないと、一蹴するのが父の役なのである。子供の喧嘩に親が出ると、笑うのが父の役なのである。

中学、高校の入学試験に、お前はついて行く気か、ゆくゆくは大学までついて行く気か、死ぬまでついて行く気か、そもそも行って何のプラスになるのかと、笑うのが父の役だったのである。

父は――ひいて男は、女にくらべて薄情だと思ってはならない。妻の出産は亭主にとっても心配なのである。あのママなる人を、彼も面白くは思わないのである。聞けば聞き腹《ばら》で、委曲を知れば知るほど、理は妻にあるような気がしてくるのが人情である。だから、耳をかさないふりをするのである。聞いて細君と一体になって、ＰＴＡに乗りこんで、騒ぎを大きくしてどうしよう。勝算あるならいいが、水掛論に終ると知らないで乗りこむなら、分別ある男ではない。

父にとっても、わが子の受験は不安なのである。ついて行ってやりたいが、ここは突きはなすべきところだと笑うのである。

その笑いには、物笑いという笑いもふくまれている。おかしくてたまらぬように笑えば、それは妻にも伝染する。言われてみれば、男が産休をとる例はこの間までなかった。子供の受験に親がついて行く例もなかった。それが近ごろは父親がついて行く。お産にも、PTAにも男親が顔を出す。

これらはみな「有給休暇」のせいである。年に二十日の休暇を、父は母に命じられて、こんなことに使っている。家庭に第三者がなくなったらどうなる？　みんなママなる人のレベルになると、べつに論じなくてもいい。これら一切をひっくるめた笑いを笑えばいいのである。

そこに現代に対する批評と抵抗があれば、バカでないかぎり妻なる人にも通じるだろう。「だって」と、とがらした口も次第にほころび、ついには共に笑うようになるかもしれない。

父よ笑え――と、私はすすめたい。「ヤジ馬ですって」と聞いたら、「うまいことを言うじゃないか」と笑うのである。「サンキュウですって」と聞いたら、「男がかい？」と笑うのである。「死んじゃえばいい」は、ちとおだやかでないが、なに我々だって、かげでは何を言うか知れたものではない。多くは座興だが、真実言うことだってあるのである。まして相手は子供だと、よしんば細君が目をつりあげ、口角《こうかく》あわをとばしても、ていよくあしらうのが父なのである。

げんにこの俺だって、この妻なる女がいっそ死んでくれたらと、思ったことがないではなかったと、腹のなかで思うのが、男のなかの男なのである。

先生もたいへんだな、よくがまんしているな、目下《もつか》の急務はＰＴＡの女どもを、一網打《いちもうだ》尽《じん》にして小学校へほうりこみ、も一度一年坊主から教育することだと、いつぞや戯れに私は言ったことがある。ま顔で言ったのだが、かえってわが細君は哄笑《こうしよう》した。先生がたも同感だろう。

父よ笑え。笑えばしぶしぶ、やがては心から母も笑うかもしれぬ。きっと笑うと言いたいが、笑うかもしれぬ。

私の言文一致　とんではねるのが何より自慢

私の話は分りにくいと、よく言われる。たぶんそうだろうと察してはいるものの、直《なお》そうとしないから直らない。

私は相反することを、同時に言う。ほめながら悪く言う。悪く言いながらほめる。ほめ且《か》つ悪く言うのは、面とむかってほめっぱなしにするほど、図々しくないせいと、てれくさいからである。ほめるあいの手に悪口を言えば、相手も私も救われると、私は思っているのである。

以前、わが社に勤めて半年目に、良縁を得て去った女子があった。去るのを彼女が躊《ちゆう》躇《ちよ》していると聞いて、私ははげました。

「貴嬢は半年で去ることを、申訳けなく思うような殊勝《しゆしよう》なひとである。わずか半年の間に、編集のたいがいを覚えたほどのひとである。二年たっても覚えない男子があるというのに、これまた奇特なことである。その腕前は、いま去られては迷惑するほどである。故《ゆえ》に我々は迷惑する。第一、半年とは何ごとだろう。まるでひやかしではないか。けれども、一方貴嬢は、結婚するために生まれてきたようなひとである。理想的な細君になるにちがいない。わが社の迷惑のごときは一蹴すべし。とんでお嫁に行くがいい」

これで祝福したつもりかと、古参《こさん》の社員は笑うのであるが、笑われても私はやっぱり祝福したつもりなのである。

相反するものは、常に同居している。婚礼はまじめの極にして、道化《どうけ》の極だという。門松は冥途《めいど》の旅の一里塚だそうだ。ただ、世間の大人は、二つを同時に言わないだけのことである。婚礼の席では、めでたいの一点張りで、滑稽の方はかげで言う。いくら私でも、式場で両方を言ってはならぬとは心得ている。だから、決してそんな席には出ない。出ても一席弁じない。

弁じるときは両方を並行して言ってよい時と場合にかぎる。試みに私の送別の辞を、世間の大人の言葉に近く翻訳してみる。

「貴嬢は半年で去ることを、申訳けなく思うような心がけのよいひとである。わずか半年で編集技術のたいがいを覚えたほどの才女である。またとない良縁があるときいて、残念ではあるけれど、うれしくてならない」

けれども、これでは私の一分《ぶん》が立たない。双方同時に言って、はじめて讃辞である。わが社の迷惑のごときは一蹴して、とんでお嫁に行くがいいとまで言っているのだから、これ以上の祝辞はないはずである。大げさに言えば声涙ともにくだる送別の辞だと、ひそかに自負《じふ》しているくらいである。

彼女はまっすぐな心の持主で、曲折した表現には慣れない人である。だから、ずっと前に、私が時々ほめたときも、叱られたと勘ちがいしてべそをかいた。

けれども、これほどの至誠《しせい》が、天に通じないはずはない。いずれは分るだろうと思っていたら、はたしてぼんやり分ったようだ。

その証拠に、彼女は折々遊びに来る。手がたりないときは、手伝いにきてくれる。わが「日常茶飯事」が、わが社から一巻になって出たと聞いたら、かけつけて買ってくれた。本は著者から貰うものだと心得ている人が多いなかで、これまた奇特な心がけで、かえってタダであげたくなるが、心を鬼にして定価の八掛《はちがけ》をいただく。(あとで三倍にして返してやるよ。)

したが、三冊も買ってどうなさる? 一冊は医師である郷里の父に送り、一冊はながく病床にあって退屈している親戚《しんせき》に送る――いよいよ嬉しいことを言ってくれるが、それが義理でないことを、私はよく承知している。貴嬢もご存じの、わが社と取引きあるなん軒かの印刷会社、紙屋の社員のごときは、義理といえば私とわが社に義理があるのに買おうとしない。世辞にも買えと教えない彼らの主人は、商売が下手だよ。そんなら無関心かといえば、使いに来るたびに読んで帰る。版元であり、且つ彼らのおとくいであるわが社へ来て、立読みするとはあきれた心臓だが、私は彼らを徳としている。貴嬢をはじめ、彼らのすべては二十代の尋常の人である。それが立読みしてくれるのなら、まんざら面白くないのでもあるまいと、これが判断のたしになると、お喋りはここらで終るが、言うまでもなく、これは彼女に感謝の微意を表しているのである。

ただ、ありがとうと言えばすむのに、随所に半畳をいれるから、微意は誰にも通じまいと、私は笑われる。相反することを交互に言い、結局目的を達しようとするのが、わがお喋りであり、綴方である。すなわち、わが言文一致である。

さらに一例をあげれば、私はわが編集部に、ジャーナリズムはタイトルだと教えることがある。たとえば「純潔は流行遅れか」というタイトルがある。今を去ること十なん年前、リーダーズ・ダイジェストに掲げられたタイトルで、もっと新しい例をあげたいが、さしさわりがあるから古いのでがまんしておく。

周知のようにこの雑誌は、保守健全な編集方針で知られている。記事に不穏《ふおん》なことが書いてあるはずがない。純潔は決して流行遅れなんかにならない、依然として守るべきものだと、書いてあるにきまっている。

内容の正しい反映では、タイトルにならない。「純潔は流行遅れか」と題すれば、当時の善男善女はぎょっとする。戦前は純潔は結構なもので、戦後は結構ではないらしいと読者は期待し、やっぱり結構なものだと、読んで期待は裏切られ、裏切られたことによって、かえって安堵《あんど》すると承知して、このタイトルは選ばれたのである。ついでに、保守健全の旗印は守られ、雑誌の声価まで高められ、八方まるくおさまるのである。

タレント（才）である。けれども、これは悪しきタレントである。かくのごとき奸智《かんち》がなければ、よきジャーナリストにはなれないと、このあたりから私は論じだして熱を帯びる。

わが編集部は、私の弁論の意図《いと》がどこにあるかを察しかね、わけがわからぬレクチュア（講釈）だと笑うのである。

言うまでもなく、私は難じているのである。けれども、私も一個のジャーナリストである。ジャーナリストとして、ジャーナリズムを論難するのだから、にがいものがあるのは当然である。理路《りろ》が曲折するのは当りまえである。

タイトルばかりが人生だ、とでも教えれば、さぞかし話は分りやすかろう。けれどもそれでは私の一分《ぶん》が立たない。

肯定と否定、冗談と本気——わが心中には両立しがたいものが両立して、それを表現するのがわが叙述で、お喋りにせよ綴方にせよ、叙述は時間の秩序にしたがわなければならないから、こもごも語って、全体を察しさせようとするのである。

ジャーナリズムを例にあげたのは、たまたま私がそれを職業にしているからで、もし私が弁護士あるいは検事だったら、同様の肯定と否定をくり返すにちがいない。

くり返して達するのが否定でも肯定でも同じことだ。私の話はとんではねる。謝辞のなかに反対のものがまじって、結局謝辞に終るのがわが謝辞で、それは反対のものをかげで、あるいはあとから言う謝辞よりも、さらに謝辞だというのが私の説である。

私は私を強く束縛して、目的に達しようとして、しばしば難航する。けれども、それが全く理解されぬはずはないと信じていたが、必ずしもそうではないと、ちかごろ思い知った。

田舎者め、と私は言葉するどく言っている。某大雑誌の誌面にそれは私の談話として出ている。「私の根底にあって、私を動かしているものは、田舎者め！　これですね」と私は談話を結んでいる。

読んで私は仰天した。わが細君にいたっては、かねて私を軽薄才子だと思ってはいたが、まさかこんな浅薄なことを言おうとはと、悄然《しょうぜん》として一語も発しなかった。

私は私の言ったことを覚えている。そこに出ていた言葉は、私の口から出たのである。

だから、なおさら残念なのである。

ご経歴は？　と問われて、私が東京府士族ですと答えるのは、一席のお笑いである。私のいわゆるサービスである。けれども、そのなかにも正気《しようき》はまじっている。

冒頭《ぼうとう》に述べたわが祝辞を思いだしていただきたい。かりにこれを他人が筆録すると、とかく激越な語句は記憶に残るから、点綴すれば次のようにもなり得るのである。

「当然我々は迷惑する」「半年でやめるとは何ごとだろう」「まるでひやかしじゃないか」云々《うんぬん》。

これでまとめれば、主旨は全くさかさまになる。くり返して残念なことは、これらはたしかに私が発した言葉だということである。これなら祝福だとは彼女は思うまいし、いくら私だって思えと言えはしない。

だから私の言論は、私が前非《ぜんぴ》を悔《く》いないかぎり、語ってだれかに書いてもらうわけにはいかないのである。こうして脂汗《あぶらあせ》しぼって、自分で書くよりほかないのである。

西遊記　長講一席、まる三年かかった

私はよく「はやりものはすたりもの」と言うが、念のために聞いておく。この言葉をご存じだろうか。

ご存じとは嬉しい。このごろ私は疑り深くなって、以前は三歳の童児も知っていた言葉を、ご存じかと馬鹿念を押して、むろんご存じの相手にいやな顔をされる。

それというのも、ご存じでない人がふえたからである。この間も、辻褄があわぬと言ったら、辻褄って何だと聞かれた。あろうことかあるまいことかと書いたら、けげんな顔をされた。

疑り深くなったのは、私ばかりではない。私よりうわ手がいて、昨今相次いで出版される各社の漱石全集には、語の一々に注釈がついていて、たとえば、「書生」は学生または学僕、「学僕」は家事を手伝いつつ勉学する食客と書いてあるそうである。「与太郎」は愚かもの、「何と仰《おつ》しゃる兎さん」は小学唱歌「兎と亀」の一節と注してあるという。

親切すぎやしないかと、新聞は笑って評していた。語注はつけだしたらきりがないもので、書生を説明するのに食客の二字を用いると、今度は食客を説明する字句に窮する。居候のことだよと言っても、十代の男女が居候を知るかどうか。「三ばい目にはそっと出し」と言っても、彼らはこのごろ米の飯を食わない。パン食い人種になりつつあるから、分らないかもしれない。疑りだしたら際限がなく、注に注をかさねなければならなくなる。

むろん、本当はこんな注釈はいらないのである。「坊っちゃん」や「猫」は、一気呵成《かせい》の文である。飛ぶが如き走るが如き勢いがある。それに乗ってしまえば、騎虎《きこ》の勢いで中学生にも分るはずである。旧式漢字も旧かな遣いも、そのうち邪魔にならなくなる。時々つまずくことがあるが、なに、つまずいた方がいいのである。

つまずけばそこで停滞するから、心に残る。記憶する。私がはじめて「坊っちゃん」を読んだのは、小学生のころだったが、そのとき何の故障もなかったから、今もあるまいと察するのである。

昭和初年と今とでは時代が違うと仰しゃるかも知れないが、文庫本の漱石は去年も今年も着々と売れているという。これには注釈は、ほとんどついてない。読む気がありさえすれば、分るのである。

「坊っちゃん」や「猫」は、出版社Aが出そうとBが出そうと、なかみは全く同一である。

同一だから語注だの解説だのを山ほどつけて、ここが違うと互に言いはる。旧式漢字を新式漢字に改めたり、かな遣いを改めたりするのも同じ料簡から出た客よせにすぎぬ。いちどきに十万も二十万部も売るということは、読む気のない、それこそ与太郎に売りつけることである。字句をやさしくするのは、読者のためではない。書肆《しょし》のためである。

「坊っちゃん」に出てくる婆《ばあ》やの清《きよ》は、せめて門構えの家に住んで、坊っちゃんと共に暮したいと願っていた。小学生の私は一読して不審に思った。当時のわが家には、また隣家には、そのまた隣家には門も玄関もあったからである。私はそこでつまずいたが、いつまでつまずいてはいられないから、さきを急いだ。

ずっとあとで、門と玄関は武士だけに許され、町人には許されていなかった、格子戸だったと何かで読んだとき、忽然とこのときの疑問がよみがえって、そして氷解した。今も記憶しているのは、そのおかげである。注釈があれば、その場ですぐ分っただろうが、その代りあとかたもなく忘れたろう。

少年の私が、門と玄関に頓挫したのは、作者の知ったことではないが、知って渋滞させることもあるのである。わざとむずかしい漢字をころがして、読者をつまずかせることもあるのである。

「蟬と蟻」のたとえ話を例に、私は論じたことがある。蟬は夏じゅう歌ってくらした。蟻はあくせく働いてくらした。やがて秋が来て冬が来て、やせ衰えた蟬は蟻に食べものを乞うた。蟻が「なぜ働かなかったか」と咎《とが》めると、蟬は「ひまがなかった。節おもしろく歌っていて」と答えた。蟻は「夏を歌ってくらしたのなら、冬を踊ってくらすがよい」と、あざ笑った。

この話の教訓は、勤勉なれというほどのことだというが、この話がながく記憶されるのは、いかにも勤勉は徳である、そして利己的で残忍であると、徳の表裏をまるごと語っているからであろう。筆を惜しんでいるから、子供心にも気になって、長《ちょう》じて思い当るのである。

だから、昔話は改竄《かいざん》するなと、私は論じたのである。教育熱心な親たちが、これじゃあ蟬が可哀想だとでも言うからだろう。近ごろのイソップでは、蟻はにこにこして、どうぞどうぞと蟬を迎え、たらふくご馳走を食べさせて、めでたしめでたしで終っている。

これでは話にならない。名作童話やおとぎ話は、たいてい父兄に迎合して改竄してある。長いものは短くして、かんじんなところは骨ぬきにしてある。にせのアンデルセン、にせのガリバーである。だから、読んでも肝に銘じない。記憶してわが子に話してやることなど思いもよらぬと書いたら、意外やわが説に賛成するものは稀だった。

莞爾《かんじ》として和解して、どこが悪いと私は言われた。これこそヒューマニズムだと言うものがあった。ヒューマニズムというものは、蜜のようなものだと思っているのである。それはさておき、何より私は甘たるいのがいやなのである。にこにこしてどうぞどうぞもうす気味悪いが、蟻さん蟬さん、狐さん狸さん――いくら子供でも、蟻は蟻、蟬は蟬と呼びすてにすべきである。絵のことをお絵という。図画のことをお絵かきという。「お絵かきのお時間ですから、さ、お教室へ行きましょ。ママと――」

戦慄すべき猫なで声ではないか。

ラジオの子供のお時間は、およそこのたぐいかと察して、私はわが子に聞かせなかった。買わなければ聞けまいと、私はラジオを買うことを禁じた。

わが家の一男一女は、そんなこととはつゆ知らない。仔細《しさい》あって買わないのに、そのころ四つになる男の子は、近所の家でラジオが鳴っているのを聞いて仰天した。なかで誰かがしゃべっているに違いないと、裏へ回って様子をうかがうので、こんどは近所の親たちが仰天した。

そのうち、うしろに人がいるわけではない。あれはラジオというものだと承知すると、隣家を訪問して「こんにちは。ラジオを聞かせてくださいな」

何ぼ何でもあんまりだと、私はわが細君に談じこまれた。「みっともないじゃありませんか」「そうかい。それじゃあラジオの代りに俺がしゃべろう。ただし、俺の話はにせものじゃあないぞ」と、広言を吐いたのがいけなかった。毎晩寝どこのなかで、十分あまり話をする仕儀になった。テキストは「絵本西遊記」。なん千枚あるか分らぬ長篇である。それをまるごと話したから、足かけ五年、まる三年かかった。四つの子が八つになるまで続いた。

この子が無類のお話好きで、上の女の子の方はさほどでないのに、夜になると待ちかねて、ちいさな枕をかかえておしかけてくる。

ご案内の通りこの物語は、開闢《かいびゃく》の昔にさかのぼる。はじめ世界は混沌《こんとん》として天地のけじめも定かでなかった。なん万年かたつと、次第に陽気の軽く澄めるものは上《のぼ》って天となり、陰気の重く濁《にご》れるものは下《くだ》って地となり、ここに天地人の三才が生じた。そして世界は四つに分れた。すなわち東勝神州《とうしょうしんしゅう》、西牛賀州《せいぎゅうがしゅう》、南贍部州《なんせんぶしゅう》、北倶盧州《ほくくるしゅう》である。

その東勝神州に傲来国《ごうらいこく》という国がある。傲来国に華果山《かかざん》という山がある。その華果山の上に一座の岩がある。ある日その岩が大音を発して裂けるよと見ると、なかから一匹の猿がおどり出た。

——と、まあ語りだして顔色を見たが、何しろ相手は四つである。このなかで分る言葉といったら、「大昔」と「山」と「猿」ぐらいのものである。

そんなら何も分らぬかと言えば、分っているのである。これから始まる物語は、結構雄大で、世の常のお話とは違うぞということがちゃんと分っているのである。だからわくわくして、固唾《かたず》をのんでいるのである。

話はおよそかくの如きかと私は理解した。聞く気があるかないかである。

物語は次第に進んで、子供は悟空をはじめ、三蔵法師、猪八戒《ちよはつかい》、沙悟浄《さごじよう》たちとなじみになった。いつも世話をやかせるのは八戒である。必ず女で失敗する。だから、妖怪どもはきれいな女に化けて出る。きっとだまされるよと待つうちに、だまされる。「八戒もとより女好きなれば」と、このくだりにはきまって書いてある。私は意外な発見をした。女好きという言葉は、三歳の童児にも通じるのである。

ここまで分れば、あと分らぬところはない。いわんやだいの男が、辻褄という語の如きが分らぬはずはない。あのチンプンカンの歌舞伎だって、見る気があれば十代の青少年にも分るではないか。

私が馬鹿念を押すのは冗談である。聞く気がないと承知して、言っているのである。本気で疑っているわけではない。漱石全集の版元たちは本気だろうか。それとも本気のふりをしているうちに、次第に本気と化したのだろうか。

銀行　まにあってます

何度も言うが、私の会社は芝の虎ノ門にある。虎ノ門界隈《かいわい》は官庁だらけである。文部、外務、大蔵、農林、厚生、ほかに公社、公団がある。

べつに銀行だらけである。住友、富士、三菱、第一、三和、大和、勧銀、神戸の諸銀行がある。

何用あってこんなにあるか――十なん年前は、住友、第一、勧銀ぐらいしかなかった。あとはこのごろ乗り出してきたのである。

諸官庁を取りまく公社、公団が呑吐《どんと》する厖大な予算を、給金を目あてに集まったのである。

打ち見たところ、ほかに大会社はない。芝は家具屋の町にすぎない。自動車のパーツ屋の町にすぎない。家具屋やパーツ屋は、中小というより零細企業だから、大銀行のよい客ではない。

それなのに銀行が集まりすぎて、自分でも困っている。仕方がないから零細わが社の如きにまで、勧誘員がしばしばあらわれる。預金してくれというのである。当座を開けというのである。

名刺を見ると、支店長席付なんの某《なにがし》とある。支店長席付とは席が支店長のそばにあるということにすぎない。席をそばに占めようと、係長でもなければ、課長でもない、平の行員である。ひょっとしたら、支店長と間違える客もあろうかと、むかし誰かが考えだしたイカサマである。

目白押しに並んだ銀行から、毎朝なん百人かの行員が、くもの子を散らすように、外回りに出るのである。まぎらわしい肩書きはやめるがいい。

わが社の取引銀行は、住友銀行と第一銀行である。住友とは当座を開いて二十余年、第一とは十〇年になる。

銀行にはそれぞれ家風のようなものがあって、三井や三菱は威張っている。勧業銀行の如きは、客を誰何《すいか》する。

十なん年前、小切手を現金にするために、私は若い社員を勧銀本店に使いに出したことがある。

貴社のご商売は何かと、はじめ社員は聞かれたという。続いてこの小切手の振出人と貴社とはいかなる関係かと、問われたそうだ。毎月きまって送金があるのかと、問われたそうだ。

怪しまれたかと心外《しんがい》に思って、社員が一々応酬したら、それなら以後預金してくれと、にこりともせず行員は勧誘したという。

いかにも勧銀本店らしいと、私は笑ったが、これほどでなくとも、三井、三菱の本店は頭《ず》が高い。そのつもりはあるまいが、客にはそう感じられる。永年金持を相手にして、大衆を馬鹿にしてきたから、その風が残っているのだろう。

だから、いまさら勧誘されても私は相手にしない。勧銀支店ばかりではない。ほかの銀行も断っている。

利率はもとより、銀行の条件はすべて同一である。サービスに何の相違もない。同一だから取りかえる理由がないと、常に私は断る。客の金を預って、もし簡単に貸すようなら、信用ならぬ銀行である。私は貞操堅固だから、取りかえるつもりはなし、も一つ銀行を増やすほどの商《あきない》はない。「まにあってます」と言うと、たいてい来なくなる。

さればといって私は、わが取引銀行をありがたがっているわけではない。政府が保証して、銀行はつぶれないことになっているから、当分つぶれまいと、念頭から去っているだけである。保証がなければあんなに乱立しやしまいし、すればとうの昔つぶれていよう。

保証があるのも、よしあしである。あれば、商売はおろそかになる。不熱心になる。むかし、銀行もつぶれた時代とくらべてみれば分る。

たとえば、十年私は銀行から金を借りなかった。預かるだけで借りなければ、借りてばかりいる客より、よいおとくいのはずである。こういう客もいなければ、借りたい人に貸して利息がとれないのに、銀行はそれを認めない。

ついぞ借りたことがない客なら、貸付係は知らない。彼にとって、私は存在しないのである。ある日とつぜん乗りこんで、貸せと言うと顔色をかえる。見知らぬ人だからである。わが信用は外回りの行員に聞けば分ると言うと、聞いて初めて存在だけは知るが、むろん信用しない。

つまり、借りない客は客ではないのである。世話をやかせなければ、客ではないのである。そうと知って、以来私は借りることにしたが、何ばかばかしい、自分の金を自分が借りるのである。

それだけの定期預金があるから、それを担保にして借りて、利子を払うのである。預金の利子より借金の利子のほうが、むろん高いから、銀行は二重に利する。それでも存在を認めさせることだけはできる。

こうして借りては返し、返しては借りて、次第に信用させ、再びある日とつぜん莫大な借金に成功して逐電《ちくでん》すれば、私はトクするが、そんなつもりは毛頭ないから、ソンするばかりである。

無名の会社の約束手形はニセ札であり、ホゴ同然だとみて、私は振出さないとは前にも書いた。振出さなければ、しぜん受取ることも稀である（実は拒絶している）。稀に受けた手形は支払いに回すから、銀行の世話にはならない。毎月、受取手形を山ほど持参して、割引料を払って、現金にして貰うことがないから、ここでも私は存在しない。

そのせいであろう、銀行は私にサービスしない。特別なサービスを禁じられていることは、私も承知している。けれども、役にも立たぬカレンダーをくばるばかりが能《のう》ではない、すこしは頭を使えと、戯れに私は教えてやったことがある。

銀行は待合室に諸雑誌を備えている。週刊誌やグラフ雑誌のたぐいである。それは本屋から買ったものである。それならわが社から、わが「室内」を買って備えてはどうか。

芝はむかし家具屋の町であった。いま衰微したとはいえ、家具、木工、塗装業者は、二百軒や三百軒はあろう。彼らの取引銀行でもあるわが芝・虎ノ門支店が、家具や住宅の専門雑誌であるわが「室内」を置くのは、ほかの雑誌を置くよりローカルな意味がある。わずか百円か二百円で、常に利益のみもたらすわが社に、せめてものサービスができるというものである。「気は心」というではないかと、外回りの行員に言ったが、いまだに買わない。支店長の席と席付の席との間は、こんなに離れているのである。

　も一つ私は勧めたことがある。銀行中の普通預金の帳尻を調べてごらん。二年も三年も、百万、二百万を預けっぱなしの通帳があるはずである。所は芝だから、まだうかつな東京人が生き残っている。なん百人残っているか知らないが、それを調べて窓口嬢にきいてみるがいい。

　窓口嬢は客の名と顔を知っている。一度見たら忘れないのさえいる。彼女に預金者の性別、人品骨柄《こつがら》、年のころを聞いて、見込みをつけて訪問してはどうか。二年も三年も、普通預金にしたままではご損です、これを定期預金にと勧めたら、めくら滅法歩くより効果があるのではないか。

　私がこれを勧めたのは、今から八、九年も前のことである。早速やってみましょうとの答は得たが、やりはしないことを私は知っている。二年も三年も預けぱなしにしているのは、ほかならぬこの私自身だもの、とんで来るなら、まず私のところへ来るはずなのに、来ないからである。

　かくの如くわが取引銀行は、商売不熱心である。こんな銀行なら、ほかのと取りかえたらよさそうだが、取りかえないのは、ほかも同じだからである。

　外回りの行員と、貸付係の仲は断絶している。断絶していないまでも、連絡はよくない。

窓口嬢と上役の連絡は、さらによくない。けれども、一体となっていないのは、何も銀行ばかりではない。

人の噂《うわさ》は七十五日だという。だからもうお忘れだろうが、いつぞやたて続けに銀行からドロボーが出た。日本銀行百万円、三井銀行千万円、北陸銀行千七百万円、協和銀行九百万円……。

犯人がつかまったのは、北陸銀行だけだった。あとはいまだにつかまらない。おそらく永久につかまるまい。

それを世間が忘れたのは、銀行だけは信用できるところにしておきたいためである。政界も財界も官界も腐敗している。そんなら教育界も腐敗しているにきまっているのに、わが子の先生だけはそうでないと思いたがるに似ている。戦前同様、銀行には石部金吉《いしべきんきち》が勢揃いしていると思いたいのである。

けれども、商道徳が地に落ちて、日本中が腐敗して、どうして銀行だけが腐敗しないでいられよう。

金銭にまつわる悪事を、最も早く、よく知るのは銀行である。知りたくなくても、いち早く知らなければならない。

担当者の手には、小切手として、手形として、あらゆる悪知恵の結果が集まる。なかにはあんまり巧妙で、しばらく考えたあげく、はたと膝をたたくようなものさえある。吹原事件は新聞に出たが、出ないのが沢山あるはずである。

担当者はその見物である。朝夕目撃して、影響を受けない道理がない。

私は外回りの行員が、客から小切手を預って無造作なのを知っている。ポケットにつっこんだままだから、あれじゃあ二、三日は忘れるなと察することがある。公衆電話のボックスに、何百万円かを置き忘れたのは、新聞記事になったが、ポケットに忘れたのは記事にならない。

私は彼らをとがめているのではない。金銭を扱うこと我々がかくの如くなら、銀行員もその影響を受けると言っているにすぎない。常に悪事の尖端を見ているなら、オレも一つと思う者が出るのが人情である。銀行内の犯罪は、むしろ少ない。もっと出ていいはずなのに出ないのは、組織が大きく、互いの仲が断絶しているおかげだろう。

それはわが住友銀行も第一銀行も同様だから、いくら勧められても私は銀行を取りかえないのである。わが貞操が堅固なのは、ほかでもないこのためである。

ご贔屓　その一　私ごときものにも贔屓がある

かねがね私は「ご贔屓《ひいき》列伝」を書きたいと思っていた。私ごときものにも贔屓がある。それは、わが「日常茶飯事」の読者で、これをまっさきに読む人である。はなはだしきは、これしか読まない人である。

私の雑誌の読者が、たといなん万あろうとも、わが綴方を読む人は、その半分である。それも、時々拾い読みするくらいで、毎号読む人は、そのまた半分である。読んで誤解して立腹する人がそのまた半分、理解して一笑する人がそのまた半分――だんだん減って際限がないからつまりは百人、と私はきめたのである。

勝手にきめたのである。さりとて、なんの根拠もないわけではない。どんな作者も、ほんとは百人の読者しか持たないのではないかと私は疑っている。オレにはなん万の読者がついているぞと威張る作者もあるが、それは誤解か、版元に対するデモにすぎない。大新聞、大雑誌に書くから、ついでに読むだけのことで、豆雑誌に書いたら、その一文を追って、買ってまで読む人は百人とあるまい。

してみれば、この百人という数は、考えようによっては、ずいぶん自惚れた人数である。けれども、一人では筆者である私だけになるし、十人ではちと可哀想だから、百人ときめたのである。お気に召さなければご勘弁願う。

私はこれをご贔屓と呼ぶ。たとえば、私は小林秀雄先生の弟子である。むろん、先生はそんなこと、ご存じない。ひとりで勝手に弟子なのである。少年のころ先生の評論を一読して、その武者振りに恍惚《こうこつ》とした。何より歯切れがいい。音吐《おんと》朗々たる東京弁は、昭和初年でも聞くことすでに稀であった。

古いことで、何が書いてあったか忘れたが、恍惚としたことだけは覚えている。以来むさぼり読んだが、次第によく分らぬところが増えてきた。ことに戦中戦後のご文章は、明敏ぼくのごときでさえ、チンプンカンなところがある。それでも師匠の言うことだから、分らぬのはこっちが悪いとあきらめている。理不尽のようだが、もともと贔屓というものは、理不尽なものである。失礼ながら私は先生の贔屓で、作者と読者の仲は、縁であり贔屓にすぎぬと思っている。

その贔屓が、私ごときものにもあるのである。何とも有難いことだから、感謝の蕪辞《ぶじ》をつらねてなに悪かろうと思ったが、さてこれが悪いのである。

作文というものは、書きたいことなら何でも書けるものではない。げんに書いて我儘いっぱいではないかと、お思いかもしれないが、書けないこともあるのである。論より証拠、ご免を蒙《こうむ》って書いてみる。どうせいけなくなるから、なったらそこでやめる。

ついこの間、私は白井晟一さんから、思いがけない手紙をいただいた。白井さんなんて心安く言うが、私はお目にかかったことはない。請うて本誌に両三度、随筆を寄稿していただいただけである。

言うまでもなく白井さんは、建築界の大立者である。川添登さんの評伝によると、巨象のような存在で、大きさも目方《めかた》もはかり知れぬとあるから、私は恐れて近よらない。

その白井さんの書簡は、本誌をほめてほめちぎっていた。虫の居所のせいかと、ご当人も書いていられるし、私信だから、内容には触れられないが、巨象に認められたのだから、私は豆象かもしれぬとほくほくした。

松村正恒さんは、伊予の松山から、はるばる本誌にファンレターをくだすった。浦辺鎮太郎さんは、私も愛読者の一人だと、これまた倉敷から名乗って出た。

こんなことをむやみに嬉しがるのは、本誌は「室内」と題しながら、デザイナーや建築家の気に入らぬことばかり書いているからである。

気に入らぬことを書かれて、なおファンであるのは、三氏が並《なみ》の建築家でないせいである。並なら怒るにきまっている。非難されて平気なのは、自分はその埒外《らちがい》にあるか、埒内にあっても、それを認める器量があるせいである。

そういう少数に支持されるのは、私の光栄とするところである。三氏が大きな存在でありながら、建築界の流行児でないことも嬉しい。

百人の支持者の氏名を一々読みあげたら、小学校の免状式みたいになる。それにどうせ私の支持者なら、つむじ曲りにきまっていると思うむきもあるだろう。必ずしもそうでない証拠の一人に、「民法」の権威（だと思う）、法学博士中川善之助翁をあげる。博士は手紙でなしに、時々実物があらわれる。小さな孫をつれて来て、私を狼狽させたこともある。

周知のように、博士は婦人の味方である。朝日新聞の「身上相談」を見ると、博士は絶えて男子の肩を持ったことがない。綾子夫人と共に、舌鋒するどく男どもを攻撃してやまない。男はすべて我儘で助平で、女はすべて柔順で貞淑である。決然立って抵抗しなさい。別れなさい。法は婦人の味方ですぞ――

私はこれでも義理を重んずるほうである。この世は縁と義理から成ると、ようやく知ったからである。ふとした縁で贔屓して下さる博士のことだもの、身上相談だとて、目に触れるかぎりは愛読しないわけにはいかない。

だから私は愛読して、博士の理に直ちに降参する。降参はしても、私はもと女性の味方ではない。つとに「わが女性崇拝」に書いた通り、私は女性を崇拝してその極に達したものである。極に達して、実物の女性の惨状に目をそむけ、この世ならぬ女性を捏造《ねつぞう》するにいたった。翁はそれが幻《まぼろし》にすぎぬと見破って、ややもすれば私の筆が、現物の女性に苛《か》酷《こく》なのを、何とかして悔い改めさせたいと、折々現われるのではないかと、私は狐疑《こぎ》している。

けれども、この世は複雑を極めた所である。人の心ははかり知れないものである。あるいは博士は、私が婦人を論難して、たまには痛切なのを内心喜んで、実はご自分もそれが言いたくて、今さら言えないものだから、にこにこなさるのではあるまいかと、人はすべて我が田に水を引くものである。翁が聞いたら、びっくりするような水の引き方を、私はするのである。

念のために言うが、右は冗談である。ついでながら、博士を翁と呼んだのも冗談である。博士は翁なんてがらではない。明治大正の書生の面影を残している。その若いこと少年のようで、さらに驚くべきは、綾子夫人の若さと美しさである。

ご両人は四十年住みなれた仙台から、東京の新居に引越したのはいいが、夫人は近所にお使いに出て、たちまち迷子《まいご》になった。ガスの集金人らしい中年の男に出あったから、これ幸いと「もし」と呼びとめ、「このへんに中川という家《うち》、ありませんか」

「すぐそこ」と男は指さして教えながら、しげしげ夫人の顔を見て「なあーんだ、あんた。中川さん家《ち》の奥さんじゃありませんか」

彼女は赤面して逃げ帰ったと、博士は嬉しがって語るのである。男子を弾劾《だんがい》してしばしば痛烈な夫人にこの逸話がある。私はこのほうが夫人で、弾劾するのはかりの姿だと、ふたたび勝手に思っている。

お二人は存じあげているせいで、思わず手間どったから先を急ぐ。

内藤濯《あろう》先生は、わが小文の一節をフランス語に翻訳して、至光社主人を介して私に示された。至光社主人武市八十雄さんは、それをポケットにしまい忘れて、危く思い出して、私に渡してくれたのがつい先だってのことである。

すでに時日は経過して、草稿はしわくちゃになっている。もとより先生が戯れの翻訳である。私はむかし習ったフランス語を、すっかり忘れている。それでも自分の作文だから、字句を追えば分らぬことはない。ためつ、すがめつ判読して、ついに全き理解に達した。

私はケチンボが銭《ぜに》を惜しむように、文字を惜しむのを旨《むね》としているが、翻訳はさらに簡潔を極めていた。もっと惜しめと、老先生は教えて下すったかと、遅ればせながらおん礼申上げる次第である。

老先生は、旧制第一高等学校で小林秀雄先生を教えた人である。してみれば、わが師匠の師匠で、その大師匠が私のご贔屓とは不思議なご縁というほかない。その百人の贔屓のなかには、画家あり操觚者《そうこしゃ》あり学究があって、デザイナーは少ない。その一々をあげて奇縁を述べたいが、私にはそれが許されない。

それは、功成り名とげた人だけに許されることで、むかし自分がリトル・マガジン（豆雑誌但し異色ある）を主宰していたころ、これこれの人が支持してくれたと懐古して、はじめて体裁がととのうのである。

この世は体裁ばかりの所で、したがって作文も体裁が大事で、現在只今の私が中川博士のくだりのごとく、ながながと回顧することは許されない。ご贔屓でない読者には、自慢話とみられ、笑止以外の何ものでもなくなるからである。そして私は、永遠に功成り名とげる気づかいない者である。してみれば、感謝の蕪辞をつらねる機会は、永遠にない勘定で、ままよと書いたが、ここらが限度であろう。

言うまでもなく、私は常に支持されてはいない。むしろ、敵意に包囲されている。けれども、敵のないジャーナリズムなんて、ジャーナリズムではないと私は思っている。たとえば「暮しの手帖」は全国の主婦に支持され、メーカーには往々敵視されている。

ただ、憎まれるのは本誌よりも、私個人のようである。私が毎号書くこの巻末の一文は、誤解され、または正解され、しばしば嫌悪される。そんなにイヤなら読まなければいいものを、毎回読んで、毎回立腹して、ついに憤激する人さえある。これも愛読者の一変種で、彼らについては次回に述べる。これなら笑って許されるかと思うからである。

ご贔屓　その二　敵はいく万ありとても

わが作文は、しばしば晦渋《かいじゅう》だと言われる。おしゃべりも分りにくいと言われる。ほかでもない、わが細君に最も言われる。読むと頭が痛くなると、つけつけ言われたことさえある。

読者にとって、それは何事でもなかろうが、私にとってはゆゆしい大事である。由来、作者はまずその妻女に認められる。いくら風流を解さない婦人でも、縁あって夫婦になれば、次第に解するようになる。亭主の詩文だけは、分るようになる。それが嵩じて、他人の詩文に及ぶ。

モリエールの故事は、前にも紹介した。彼は新しい喜劇を作るごとに、妻女に朗読して聞かせたそうだ。妻女が笑わぬ個所は、客の笑わぬ個所である。彼女が笑うまで、何度でも書き改めたという。彼女は女房であると共に、客の代表者である。たいていの作者は、女房をお客代表に見立てる。

ところが、ひとりわが細君は、お客代表でないのである。毫《ごう》も理解してくれないのである。女房に分らぬほどの詩文なら、おそらく誰にも分るまい。三文の値打もないと、私は絶望して然《しか》るべきなのに、ちっとも絶望しないのである。

いくら私だって、この心境に達するまでには、苦《にが》い思いをした。けれども幸か不幸か、私は人が怒るとき笑うくせがある。反対に、人が笑うとき怒るくせがある。私はそれを利用した。

からからと笑ったのである。お前は客代表でなく、敵代表だな。してみれば敵はわが腹《ふく》中《ちゅう》にあるも同然だなと、かのレイテに於ける山下奉文大将みたいに笑ったのである。

彼女が理解しないのは、頭が悪いせいではない。彼女は読書家の一種で、私が一冊を読むうちに三冊を読む。ただし、小説にかぎる。具体的なお話にかぎって、抽象的なお話は読まない。

私は必ずしも抽象的ではない。往々具体的である。それだのに読んで頭が痛くなるなら、彼女のごとく痛くなる読者が、ほかにも山ほどいるはずである。

彼女はその代表選手かと私は反省して、私は彼女のなかに敵――敵中の敵を見た。その強敵と共に二十年いるのは、なまなかな味方といるより身のためになる。

私は彼女を通して、あらゆる非難をあびた。たいていなら降参するはずなのに、しないで今日まで無事なのは、繰返すが人はすべて我が田に水を引く性質があるおかげである。酒に甘口と辛口《からくち》があるように、詩文にもそれがある。具体的な面白さがあると共に、抽象的な面白さがある。絵画にも音楽にもそれはある。

そのすべてを理解して、鑑賞できる人があるというが、私は眉ツバだと思っている。わが理解力がせまいように、彼女の理解力もせまいはずである。したがって、細君を選手とする大群のそれも——と、私は察したのである。

源氏物語を耽読《たんどく》して、現代語に翻訳した谷崎潤一郎は、文章にはだらだら派とテキパキ派があって、源氏はだらだら派の元祖かと書いている。谷崎はその源氏が大好きだが、鷗外は嫌いだった。人にはそれぞれ好みがあると言っている。

たしかに好みがあって、それによって読者は作者を選ぶ。作者も読者を選ぶ。選ばないでひたすら読者の多いのを望んでもムダである。残念ながら私はわが細君の好みにあわない。ただそれだけだと、私は我が田に水を引いたのである。

けれども引きっぱなしで、安心していたわけではない。声なき声を聞かなければならないのは、何も為政者《いせいしゃ》ばかりではない。私ごときでも、常に耳をすまして聞かなければならないのである。するとそれは聞えてくる。

どこから聞えるかというと、たまりかねて、手紙をくれる人がある。電話したり、乗りこんでくる人がある。

手紙で罵詈罵倒《ばりばとう》するのは、見知らぬ人である。乗りこんでくるのは、一面識ある人である。

手紙にはこんなのがある。「日常茶飯事」は、「井戸端会議」と改題してはどうか。つまらぬことをいつまで書いている。もすこし考えて書け。

また、こんなのがある。貴下は気どりすぎている。スタイリストも老人になるといやみである。

また去年のくれ、十二月号をこまごま批評してくれた人があった。その末尾に、前号は定価二百円の値打があったが、本号にはない。前号には千田夏光氏の一文があって、あれだけで千鈞《せんきん》の重みがあった。貴君も千田さんの爪のアカでも煎じてのむがよい。すこしはましになるだろう。広告頁は減るし、師走の風は一段とつめたかろう、云々。

前の二通は論ずるにたりないが、あとの一通はすこしちがった悪口である。いずれにせよ、わざわざ言ってくるのはよくよくのことで、言わないで思っている人は多いだろうと、私はこれによって察するのである。

爪のアカでも煎じてとあるのは、以前私が大工の稲葉真吾さんの文章をほめて、わけのわからぬことを書くえらい建築家やデザイナーは、稲葉さんの爪のアカでも——と書いたのを、しっぺ返しに用いたのである。この人、わが作文をよく読んでいる。毎回読んで、そのつど立腹して、今度こそは、または何をッとおどりかかるように読んで、さらに立腹をあらたにする奇特な人のようだ。

何の因果《いんが》か知らない。そんなに憎らしいなら、読まなければいいものを、読まずにいられないのは悪縁である。けれども、かくの如きもまたわが読者である。むしろ読者中の読者、ご贔屓中のご贔屓かと思いたい。

煎じつめれば、すべて作者は百人の読者しか持てないと、前回私は書いた。してみれば、この人も私は百人中にいれなければならない。いれなければとても百人に達しない。

私はわが強敵と同棲して、別れないでいるから、おかげでたいていの非難ならすでに受けている。晦渋だといわれた。読んで必ず裏切られる、といわれた。翻弄されて不愉快だ、といわれた。

安保反対闘争が盛んだった当時、私は「あんぽんたん」を書いた。あれはあんぽんたん騒動だと論じたのである。この時は顔色を変えて、乗りこんできた人があった。一年たてば変えない顔色を、今だから変えているのだなと私は思ったが、笑ってすませた。

どちらかといえば、私は谷崎説のいわゆるテキパキ派に属する。すくなくともそれを志している。志して話をテキパキはこんでいるのに、なお晦渋だといわれるのはなぜかと、私は我と我が目を疑って、冒頭《ぼうとう》の五行を見たが、難解なところはない。次の五行にもない。その次の五行にもない。それだのに通読して分らぬといわれるのは、冒頭の五行と次の五行が連続していないからである。率然《そつぜん》と全く別のことを言いだすからである。けれども、三番目は冒頭につながっている。

なあーんだ、それなら私が悪いのではない。話というものは、飛躍するものである。飛躍しないで、常に順々と説いてばかりいてはつまらぬ。一番目と三番目がつながっている なら、私にしては早いほうだ。しばしば私は冒頭と最後をつなぐ。あるいは三番目と十ばん番目をつなぐ。忘れないでつなぐとはご苦労で、どうなることかと案じていたが、首尾よくつながったか、まずはめでたいと、私は自ら祝うことがある。

詩には起承転結がある。芝居には第一幕、第二幕——以下がある。一幕目と二幕目は、がらりと時と場所が変る。講談落語ではお話変って、がのべつある。

一枚の紙にも表と裏がある。箱なら天地左右がある。けれども、言葉はそれを同時に言えない。時間の秩序に従って言ったあげく、これら表裏は同時に存在していると言わなければならない。あとで言うが、常に裏切られると難じられるのはこのためである。

開口一番、「こんな腹の立つ本は見たことがない」と、某大学の某教授——名高い国文学者は叫んだという。

なん年か前、私はわが小文を一巻にまとめた。それを知らぬ人が知らぬまに推薦してくれて、ある委員会で審査された席上でのことだという。

かねて国文学者は枝葉《しよう》に明るく、全体に暗いと知っていたから、ずっとあとでこの話を伝え聞いたとき、私はやはり怒らないで笑った。

けれども、笑ってばかりはいなかった。このときも反省した。私に読者を怒らせるつもりはみじんもない。それなのに、怒らせるのは、たいてい私が次のように書くからである。すなわち、

――私は老人のいない家庭は、家庭ではないと思っている。そう言えば年寄は喜ぶ。若い衆はいやな顔する。けれども、昨今の年寄は年寄ではない。あれはわが国の伝統と断絶したニセ毛唐、モダンじじいである。モダンじじいと同居したって、若い者は何の得るところもない。追いだされるのはもっともである。

――とまあ、これだけのことを委曲をつくして書くと、初め喜んだ年寄は、裏切られたと怒りだす。初めいやな顔をした若い衆は、狐につままれたような顔をして晦渋だと言いだす。

表裏を、天地左右を、こもごも語るから、こうなる。だからといって、老人のいない家庭は家庭ではないと、一面だけ書いて結べば、そりゃ老人は嬉しかろう。分りやすかろう

が、わが言わんとすることとは全く相違する。

某大学の某教授は、初め老人側に立った発言だと早合点したのだろう。話半ばで、雲行は怪しくなり、結びで裏切られたと思ったのだろう。何より翻弄されたと怒ったのだろうが、私はわが観察を如実に記録しようと試みただけである。

ものの表裏は、常に同時に存在している。表を説いて裏に及び、さてこれは同時にあるという以外に、言葉は用いようがないではないか。

及ばずながら私が、字句を明瞭に、話をさっさとはこぶのは、曰《いわ》く言いがたい何ものかに肉薄するためである。いわゆる「聖人君子」に、いくら難じられても、そこに新発見がないかぎり、私は動揺しない。つとに私はわが細君にきたえられている。

編集付記

作品の意義及び時代背景を鑑み、表現の変更は行わず、組織・団体名についても、発表当時のままとし、原文通りとしました。

笑いつづけて十四年

山崎陽子（童話作家・ミュージカル脚本家）

「あなたは、笑い過ぎです。女があまり笑うと器量が一割がた減じます。『オホホ』くらいになすったらどうです」

山本夏彦さんは、お目にかかったその日から十四年の間、折にふれてはこの忠告を根気よく繰り返された。でも私が一向に反省もせず、何かにつけて笑いこけるので、せっかく注意しても甲斐なきことと嘆きつつ、ついには共に大笑いなさるのが常だった。

山本さんは、私のことを「彼女は満身笑いみたいな人で、憂世は笑うよりほかないと見る私のまあ仲間である」とコラムにお書きになり、一応、笑いにかけては同類と認めてくださったにもかかわらず、なおも笑い過ぎを見とがめるのは、会うたびに笑っていては、しんみりしないからだと仰《おつしや》るのである。拙作の朗読ミュージカルのプログラムに、たびたび寄稿して下さったが、いつも笑い過ぎについて語り、平成十一年のプログラムには『そも馴れ初めの物語』と題して「……共に笑っていては、しんみりしません。こうして二人の仲は、永遠にしんみりしないまま終わりました。そも馴れ初めのお話です」と結んでいる。

「『永遠に……終わりました』って、どうして過去形なんでしょう。私だって、いつかはしんみりした女に成長するかもしれないじゃありませんか」不服をとなえると哄笑なさり、

「そりゃ無理ってものです。あなたには無理。笑いに敏感すぎるもの」

と言下に否定なさった。あまりあっさり却下されたのが口惜しかったので、次にお会いする会合では目一杯〝しんみり〟振る舞ってみたのだが、誰も私の変化に気づかない。心外だったが、さすが山本さんだけは見逃さなかった。

「山崎サン！」小声の呼びかけに、せいぜいしんみりした風情で振り返ってみると、

「どこか具合でも悪いんじゃありませんか？」

私は、夏彦語録から〝分際を知れ、分際を〟をとりだして自分を戒めた。爾来、しんみりとの縁はスッパリ断ち切って、遠慮なく存分に笑わせて頂くことにしたのだった。


だいたい山本さんとは、出会いの時から笑いにつつまれていた。一九八六年一月十四日至光社主人の武市八十雄さんから、山本夏彦さんと日本画家の堀文子さんに、ぜひとも引き合わせたいというお誘いを頂いたので、先約の新年会をぬけだして、いそいそと駆けつけた。お二人とも、初対面の緊張を感じるいとまもないほど、いきなりうちとけ、いきな

り話がはずんだ。山本さん風に言えば、たちまち和気が生じたのである。この時のことを山本さんは、コラムにこう記しておられる。「私と山崎夫人は別世界の人間なのに、初めて会って旧知のようになったのは『笑い』が縁です」

その日、時間ぎりぎりに息せき切って現れた和服の大女に、山本さんが、一瞬ギョッとなさったような気がしたので、

「着物を着るには大きすぎる体型なのですけれど、新年会だったもので……」

と、つまらぬ言い訳をしたら、山本さんは破顔一笑、

「今どきは、そのくらい大きい女の人はざらです。気にすることはありません。ただ……」

そこで急に声のトーンを落とし呟くように「違うのは幅の問題だけですから」

「その違いが問題なんです」思わず私がムキになると、山本さんは、嬉しそうに、

「五尺六寸くらいなもんでしょう？」すると、武市さんまでが、

「それくじら尺ですか？」

堀さんは、山本さんの何十年来のご友人、「そのおかしみはとりとめがなくて筆舌につくせない」と山本さんが評された方である。とにかく一人でも可笑《おか》しいといわれる人が四人集まったのだから、笑いは渦を巻き炸裂した。あまりに楽しいひとときだったので、そ

の後も何とか都合をつけては顔をあわせ、誰言うともなくこの四人の集まりは、サミットと名付けられた。サミットといっても喋っているのは殆ど女二人で、殿方二人はニコニコしながら耳を傾けるばかり。山本さんは「堀と山崎の対話はピンポンの応酬の如きで、あの面白さ、あの勢いは誰にもとめられない」と書かれたが、そのやり取りに、絶妙の間合いで山本さんの「ウフフ」という含み笑いが入るのである。堀さんは、いつも感にたえぬ面持ちで、おっしゃった。

「山本さんの『ウフフ』は絶品ね。あの合いの手が入ると、私たちの愚にもつかないお喋りが、急に格調高く聞こえてしまうんですもの」

最後に聖路加国際病院に入られた時も、それがホスピスへのご入院とも知らず、院内のレストランでサミットを開催しましょう、などと呑気な計画をたてていた私たちだった。

山本さんとのお付き合いは、実際にお会いするより電話の方がはるかに多かったのだが、電話では顔が見えないから、待ちきれないお互いの笑いが、電話線の中で重なり合いぶつかり合う。山本さんの電話は、最初は陰々滅々、息も絶え絶えなのに、次第に潤いと力を増し、言語が明瞭になるにつれ夏彦節は冴えわたる。私は、笑うのに忙しく、時折つまらないお喋りをさしはさむだけだが、山本さんは、その中から見事なコラムを幾つも紡ぎだされてしまう。本書『おしゃべり』の中で、山本さんは「私は文章のように語る。あらゆるムダを捨てて、最短距離で語ろうとする。誰かに話し笑い度を確かめ話を練る、書かないうちに推敲までしてしまう。その稽古台には〝タキシーの運転手〟がいい」というのだが、もしかしたら、私も、笑いのバロメーターを務めていたのかもしれない。

ある日、出掛けに電話を頂き、これから樹座の本番で……と答えたら、樹座をご存じなかった。そこで、その一座が、作家の遠藤周作主宰の自称日本一の素人劇団で、私は二十年近く脚本を書いていること、一座の座員は公募で、入団資格は音痴、運動神経皆無、高年齢、肥満であること、ついでに素人役者の繰り広げる珍騒動の幾つかを、ごくかいつまんで説明すると、山本さんは爆笑なさった。それはほんの十分足らずだったのだが、驚くなかれ次週の写真コラムには、抱腹絶倒の樹座の顚末が正確に描かれていたのである。

「講釈師、見てきたような嘘をつき、ですね」といったら、

「あれだけ聞けば充分です」と仰った。まさに名人芸を見る思いだった。

電話といえば、留守番電話のテープに山本さんのお声が残っている。少し前までは「山崎サン」という呼びかけを聞いただけで涙がこみあげ慌てて切っていたが、この頃やっと聞くことができるようになった。

「山崎サン、ウフフ、あのね、もしもし、ハハハ……こんなもの仕掛けてあるとは思わなかった。あのねえ、もしもし、あのォ、もし……ウフフ、イヤどうも。手応えがないんで、これでやめるから……ハイさよなら」

山本さんは「何をかくそう。私はテレビを自動車を電気を、その他もろもろのメカニズムを認めないものである」（本書『繁栄天国』）と言い放ち、きっとメカには弱いに違いないと思っていたら、突然ファックスを送信する、と電話を下さった。そのまま電話で事は足りるのではと思ったが、新しい玩具を手にした少年みたいに、楽しげなご様子なので言いそびれた。やがてベルがなって送られてきた何枚ものファックスは、すべて白紙だった。後にも先にも頂いたのは、この時の裏返しファックスだけである。

「あなたの話は面白いのに、忙し過ぎます。人がまだ笑っているのに、追い打ちをかけるように可笑しいことを言うから、前の笑いを消化できないまま、次の話を半分聞き損なう人もいます。勿体ないから、笑いがおさまるまでお待ちなさい。落語だって一つの噺の中に、面白いことをそんなに沢山詰め込んじゃいません。あなた、サービス精神が旺盛すぎるんです」

そう指摘されたが、サービス精神旺盛は山本さんの方が格段に上である。本書『悪ふざけ』には「私は歌舞伎十八番の向うを張って、作り話の十八番を用意して、それを取っかえ引っかえ語って、客の機嫌気褄をとるのである」なんて書いていらっしゃる。しかし、山本さんの悠揚迫らざるお話ぶりとはかけ離れた私の早口、確かに、乗り遅れる聞き手も少なくないだろう。笑いすぎの方は修復不能だが、矢継ぎ早な笑いについては大いに反省し、講演に臨む時には〝笑い待ち〟を肝に銘じることにしている。

二〇〇〇年一月、山本さんは新年会を催された。帝国ホテルの〝なだ万〟に、サミットのメンバーと工作社の才媛美女たちが集まったが、個室が取れなくて狭い椅子席にすし詰め状態になった。ところがこれが怪我の功名で、肘突き合わせ肩よせあっているので、話が一度に伝わり笑いも固まって弾けるのである。堀さんは舌好調で、皆、涙をこぼして笑いあった。この夜、私は初対面の日を思い出し、五尺六寸を和服でつつんで参加したが、山本さんは、何度も「いいねえ。うーん、やっぱり日本人は和服がいい」と、日本人離れした大女の和服を、殊のほか喜んで下さった。

そして年の暮。又あの時のような楽しい新年会をやりたいというお電話を頂いた。体調を崩されたことを耳にしていたので、如何ですかと伺おうとした時、ふいに声をひそめ、「断られては困ります。その新年会は山崎サンの受賞祝いの会なんですから」

お祝いの会？　感激のあまり、私は絶句した。

私が朗読ミュージカルという新しい舞台を創り始めたのは、山本さんにお会いしてから四年後のことだった。山本さんは〔半分死んだ人友の会〕の会長浜野孝典さんと共に、初めから足を運んでくださった。十一年間ひっそり続けてきたその朗読ミュージカルが、思いがけなく平成十三年度文化庁芸術祭で大賞を受賞したのである。すぐに山本さんにお知らせしたが、私の興奮感激状態が、よくお解りにならなかったようで、

「ほう、タイショウを。もしもし……タイショウっていうと大、中、小の大ですか？」

「はい、天井でいうと、松、竹、梅、の松です」

「松か、そりゃ、めでたい！」

まるで長屋の御隠居と熊さんの会話である。山本さんが、畑違いの芸術祭のことなどご存知なくて当然のことなのに、何となく寂しかった。そこへ祝う会の話である。感激も一《ひと》入《しお》、本当に嬉しかった。当日は盛会で、山本さんの笑顔は健在だったが、殆ど召し上がらなかったのが心の隅にひっかかっていた。

間もなくこの会のことを書かれた雑誌が送られてきた。題は『山崎陽子祝いの会』。感動も新たに頁を開くと、山崎陽子は五尺六寸肩幅広く胸板厚く……とあるのが目に入った。

「文章の達人に失礼ですが、女の場合は胸板ではなく豊満な胸っていうのではありませ

んか？　以前にも、私を威風堂々と形容されました。あれだって軍艦や鯨ならいざ知らず……」

山本さんは咳き込むほどお笑いになってから、きっぱりと言われた。

「私は、一人につき三度しか褒めません、あなたの事は四度も褒めています。あなたは不服かもしれないが、どれも口を極めて褒めているつもりです」

二月に入って手術されたが、明るいお声の電話を頂いて病院にかけつけると、実にお元気で、体験した全てをコラムにするからお楽しみにと仰った。その後、静養先の帝国ホテルでも、編集者と仕事の打ち合わせをしていらっしゃるのを見届け、ほっとしたし、それからも、お電話のたびに「〝驚異的〟な回復を遂げています。奇跡ですな」とお声がはずんでいた。またまたコラムの種が増えることと喜んでいたら、十月、かなり体調を崩されたという噂が広がり、心配しているところへ、ご自身からの電話である。

「一寸早いが、来年の新年会のことを考えておいて下さい。今は葛湯しか喉を通らないけれど、なぁに間に合わせます。それより、近々朗読ミュージカルでしょう。もう札止めだってねぇ。おめでとう」

少し嗄れていたけれど優しいお声が心にしみた。これが最後のお電話になった。

公演が一段落した十月二十六日、真先に葛湯を求めた。「胸板厚く」をタネにしたエッセイのゲラが届いたので、葛湯の袋に入れ、さあ明日お会いできる、エッセイ笑って下さるかしらと、うきうきした気分で付けたテレビに山本さんのお顔があった。二十三日のご逝去だとニュースは伝えていた。足は震え、息が出来なかった。葛湯の袋が目に入ったとたん、どっと涙があふれた。「半分死んだ人は死にゃあしません」って仰ったのに……新年会はどうするおつもりです。サミットは……子供のように声をあげて、思いっきり泣いた。

二〇〇二年、十一月二十八日、山本さんのお別れの会が青山斎場で開かれた。中央に飾られたお写真の山本さんは、とびきりの笑顔で参列者を見つめていらっしゃった。私は、色無地の和服で伺った。満面に笑みを湛えた山本さんを見上げ、心の中で呟いた。
「胸板厚き五尺六寸、和服にて参上！」
耳元にあの「ウフフ」が聞こえたような気がした。

注　五尺六寸は約一メートル七十センチメートル、くじら尺では約二メートル十二センチメートルとなります。

『茶の間の正義』　一九六七年十一月　文藝春秋刊

中公文庫

茶《ちゃ》の間《ま》の正義《せいぎ》

1979年2月10日　初版発行
2003年8月25日　改版発行
2019年3月30日　改版3刷発行

著　者　山本《やまもと》　夏彦《なつひこ》

発行者　松田　陽三

発行所　中央公論新社
〒100-8152　東京都千代田区大手町1-7-1
電話　販売 03-5299-1730　編集 03-5299-1890
URL http://www.chuko.co.jp/

ＤＴＰ　ハンズ・ミケ
印　刷　三晃印刷
製　本　小泉製本

Published by CHUOKORON-SHINSHA, INC.
Printed in Japan　ISBN978-4-12-204248-3 C1195

中公文庫既刊より

各書目の下段の数字はISBNコードです。978－4－12が省略してあります。

み-9-7
文章読本
三島由紀夫
あらゆる様式の文章・技巧の面白さ美しさを、該博な知識と豊富な実例と実作の経験から詳細に解明した万人必読の文章読本。〈解説〉野口武彦
202488-5

ま-17-9
文章読本
丸谷才一
当代の最適任者が多彩な名文を実例に引きながら文章の本質を明かし、作文のコツを具体的に説く。最も正統的で実際的な文章読本。〈解説〉大野晋
202466-3

た-30-28
文章読本
谷崎潤一郎
正しく文学作品を鑑賞し、美しい文章を書こうと願うすべての人の必読書。文章入門としてだけでなく文豪の豊かな経験談でもある。〈解説〉吉行淳之介
202535-6

た-30-13
細雪（全）
谷崎潤一郎
大阪船場の旧家蒔岡家の美しい四姉妹を優雅な風俗・行事とともに描く。女性への永遠の願いを〝雪子〟に託す谷崎文学の代表作。〈解説〉田辺聖子
200991-2

た-30-27
陰翳礼讃
谷崎潤一郎
日本の伝統美の本質を、かげや隈の内に見出す「陰翳礼讃」「厠のいろいろ」を始め、「恋愛及び色情」「客ぎらい」など随想六篇を収む。〈解説〉吉行淳之介
202413-7

か-56-1
パリ時間旅行
鹿島茂
オスマン改造以前、19世紀パリの原風景へと誘うエッセイ集。ボードレール、プルーストの時代のパリが鮮やかに甦る。図版多数収載。〈解説〉小川洋子
203459-4

か-56-2
明日は舞踏会
鹿島茂
19世紀パリ、乙女たちの憧れは華やかな舞踏会！フロベール、バルザックなどの作品を題材に、当時の女性の夢と現実を活写する。〈解説〉岸本葉子
203618-5

番号	タイトル	サブタイトル	著者	内容
か-56-3	パリ・世紀末パノラマ館	エッフェル塔からチョコレートまで	鹿島 茂	19世紀末、先進、躍動、享楽、芸術、退廃が渦巻く幻想都市パリ。その風俗・事象の変遷を遍く紹介する魅惑の時間旅行。図版多数。〈解説〉竹盛惠子
か-56-4	パリ五段活用	時間の迷宮都市を歩く	鹿島 茂	マリ・アントワネット、バルザック、プルースト──パリには多くの記憶が眠る。食べる、歩くなど八つのテーマでパリを読み解く知的ガイド。〈解説〉にむらじゅんこ
か-56-8	クロワッサンとベレー帽	ふらんすモノ語り	鹿島 茂	「上等舶来」という言葉には外国への憧れが込められている。シロップ、コック帽などの舶来品のルーツを探るコラム、パリに関するエッセイ万般。〈解説〉俵 万智
か-56-9	文学的パリガイド		鹿島 茂	24の観光地と24人の文学者を結ぶことで、パリの文学的トポグラフィが浮かび上がる。新しいパリが見つかる、鹿島流パリの歩き方。〈解説〉雨宮塔子
か-56-10	パリの秘密		鹿島 茂	エッフェル塔、モンマルトルの丘から名もなき通りの片隅まで……時を経てなおパリに満ちる秘密の香り。夢の名残を追って現代と過去を行き来する、瀟洒なエッセイ集。
か-56-11	パリの異邦人		鹿島 茂	訪れる人に新しい生命を与え、人生を変えてしまう街──パリ。リルケ、ヘミングウェイ、オーウェルら、触媒都市・パリに魅せられた異邦人たちの肖像。
か-56-12	昭和怪優伝	帰ってきた昭和脇役名画館	鹿島 茂	荒木一郎、岸田森、川地民夫、成田三樹夫、西村晃、獅子文六……今なお眼に焼き付いて離れない昭和の怪優十二人を、映画狂・鹿島茂が語り尽くす! 全邦画ファン、刮目せよ!
か-56-13	パリの日本人		鹿島 茂	西園寺公望、成島柳北、原敬、獅子文六……。最盛期のパリを訪れた日本人が見たものとは? 文庫用に新たに「パリの昭和天皇」収録。〈解説〉森まゆみ

206206-1
205850-7
205483-7
205297-0
205182-9
204927-7
204192-9
203758-8

各書目の下段の数字はISBNコードです。978－4－12が省略してあります。

か-56-14 **ドーダの人、西郷隆盛** 鹿島　茂

その明治維新、ちょっと待った！　きれいごとだけでは語れない歴史の真実を自己愛の視点で全て解明。あの西郷どんもたじたじ？〈特別対談〉片山杜秀

206636-6

う-9-4 **御馳走帖** 内田　百閒《ひゃっけん》

朝はミルク、昼はもり蕎麦、夜は山海の珍味に舌鼓をうつ百閒先生の、窮乏時代から知友との会食まで食味の楽しみを綴った名随筆。〈解説〉平山三郎

202693-3

う-9-5 **ノラや** 内田　百閒

ある日行方知れずになった野良猫の子ノラと居つきながらも病死したクルツ。二匹の愛猫にまつわる愛情と機知とに満ちた連作14篇。〈解説〉平山三郎

202784-8

う-9-6 **一病息災** 内田　百閒

持病の発作に恐々としつつも医者の目を盗み麦酒をがぶがぶ……。ご存知百閒先生が、己の病、身体、健康について飄々と綴った随筆を集成したアンソロジー。

204220-9

う-9-7 **東京焼盡《しょうじん》** 内田　百閒

空襲に明け暮れる太平洋戦争末期の日々を、文学の目と現実の目をないまぜつつ綴る日録。詩精神あふれる稀有の東京空襲体験記。

204340-4

う-9-10 **阿呆の鳥飼** 内田　百閒

鶯の鳴き方が悪いと気に病み、漱石山房に文鳥を連れて行く……。『ノラや』の著者が小動物たちとの暮らしを綴る掌篇集。〈解説〉角田光代

206258-0

う-9-11 **大貧帳** 内田　百閒

お金はなくても腹の底はいつも福福である――質屋、借金、原稿料……飄然としたなかに笑いが滲みでる。百鬼園先生独特の諧謔に彩られた貧乏美学エッセイ。

206469-0

う-9-12 **百鬼園戦後日記Ⅰ** 内田　百閒

『東京焼盡』の翌日、昭和二十年八月二十二日から二十一年十二月三十一日までを収録。掘立て小屋の暮しを飄然と綴る。〈巻末エッセイ〉谷中安規（全三巻）

206677-9